Stefan Wellmann
111 Flausen
Kürzestgeschichten

AF284082

STEFAN WELLMANN

111
Flausen

Kürzestgeschichten

Bibliografische Information der Deutschen Nationalbibliothek:
Die Deutsche Nationalbibliothek verzeichnet diese Publikation in der Deutschen Nationalbibliografie, detaillierte bibliografische Daten sind im Internet über http://dnb.dnb.de abrufbar.

Deutschsprachige Erstausgabe Mai 2018
Copyright © 2018 Stefan Wellmann
Alle Rechte vorbehalten
Nachdruck, auch auszugsweise, nicht gestattet
Das Werk, einschließlich seiner Teile, ist urheberrechtlich geschützt. Jede Verwertung ist ohne Zustimmung des Verlages und des Autors unzulässig. Dies gilt insbesondere für die elektronische oder sonstige Vervielfältigung, Übersetzung, Verbreitung und öffentliche Zugänglichmachung.
Covergestaltung: Wolkenart - Marie-Katharina Wölk,
www.wolkenart.com
Bildmaterial: Bigstockphoto.com
Satz: Wolkenart - Marie-Katharina Wölk www.wolkenart.com
Herstellung und Verlag: BoD – Books on Demand, Norderstedt
1. Auflage
ISBN: 9783752802702

Vorweg

Bei der vorliegenden Sammlung von erlesenen Flausen handelt es sich um eine Art „Best of-Ausgabe". Viele der Texte sind nämlich schon in eBooks erschienen mit Titeln wie „Flausen im Kopf", „JUHU!", „Nicht mehr als 100!" und „Husch, husch". Einige Texte habe ich überarbeitet, andere sind neu.
Ich wünsche viel Spaß beim Lesen und allzeit Mut zur Flause.

Stefan Wellmann
Flausenschreiber

1

Nachrichten I

Bad Bentheim. Am gestrigen Samstag erschoss eine Frau ihren Ehemann und dessen Geliebte im Ehebett und dann sich selbst. Die Rekonstruktion des Tatherganges ergab, dass die Ehefrau zunächst die Geliebte erschoss, dann den Ehemann und dann sich selbst. Die Möglichkeit, dass zunächst der Ehemann aufs Korn genommen wurde und dann die Geliebte, besteht auch. Die Ehefrau war jedenfalls als letzte dran. Es soll sich dem Vernehmen nach nicht um ein Dreiecksverhältnis gehandelt haben, bei dem zufälligerweise ein Gewehr Verwendung fand. Die Polizei geht vielmehr von einem klassischen Eifersuchtsdrama aus, wobei die Ehefrau auf die Geliebte eifersüchtig gewesen sein soll. Dass auch die Geliebte auf die Ehefrau eifersüchtig war, schloss die Polizei durch ihren Sprecher nicht aus, war aber für den Tathergang mal wieder nicht relevant. Allerdings konnte eine Eifersucht des Mannes ziemlich sicher ausgeschlossen werden. Sachschaden entstand keiner bis auf leichte Verschmutzungen im Schlafzimmer verursacht durch den Tathergang. Dem Gewehr geht es den Umständen entsprechend gut.

2

Wok-Attack

(Nachrichten II)

Mit einem Wok hat die Wirtin eines Asia-Imbisses in Kassel laut dpa auf einen Räuber eingedroschen und ihn so in die Flucht geschlagen (vgl. Spiegel online). Der kurz daraufhin gefasste Räuber, ein gewisser Herr Hotzenplotz zeigte sich bei seiner Festnahme erschüttert. Er habe den »mächtigen schwarzen Gegenstand« nicht gekannt und »Höllenängste« gehabt, als dieser wieder und wieder auf ihn darnieder fuhr. Außerdem sei die Wirtin mit nicht näher gekennzeichneten kleinen Holzstäbchen wie eine Furie auf ihn losgegangen, dass er um Leib und Leben und vor allem sein Augenlicht habe fürchten müssen. Herr Hotzenplotz beruft sich bei seinen Einlassungen auf die Charta der Menschenrechte. Die Polizei prüft nun ordnungsrechtliche, gewerberechtliche, strafrechtliche und menschenrechtsrechtliche Schritte gegen die Wirtin. Ob auch ein Verstoß gegen das Waffengesetz oder gar das Waffenkontrollgesetz in Betracht komme, konnte der Sprecher der Polizei bei Redaktionsschluss nicht sagen. Amnesty International sei aber eingeschaltet, der Wok und die Essstäbchen sichergestellt.

3

Hack! Das! Holz!

(Nachrichten III)

Wahr ist, dass laut Nachrichtenagentur dpa eine Bäuerin als falsche Domina per Inserat Arbeitssklaven suchte, die dann, mit Gummimaske ausgestattet, ganz normale Arbeiten auf dem Hof verrichteten (Rasen mähen, Holz stapeln, Dachstuhl ausbauen) und dafür auch noch bezahlen mussten.

Unwahr ist, dass dieses Geschäftsmodell demnächst von Leiharbeitsfirmen übernommen werden soll und auch die Agentur für Arbeit Interesse bekundet hat.

Sehr wahrscheinlich – allerdings unbestätigt – ist, dass die Bäuerin in der Kindheit Tom Sawyer und Huckleberry Finn gelesen hat («Zaun streichen»).

4

Nackt im Café

Ich betrat mein Lieblingscafé wie gewohnt um 15.00 Uhr und hatte gerade Platz genommen, als mich die Bedienungskraft darauf hinwies, dass ich nackt sei.

Ich weiß, entgegnete ich, und erläuterte, dass wir uns ja hier auch in einem Traum befänden und da sei Nacktsein nun einmal nicht unüblich. Es sei, so klärte ich die mutmaßliche Studentin auf, ein Zeichen für Schutzlosigkeit. Ich sei allem schutzlos ausgeliefert und dafür erfindet der Traum nun einmal die Metapher »Nackt sein«. Das sei etwas sehr archetypisches und komme immer wieder vor. Sie und auch der Rest der Gäste, denen die kurze Konversation aufgefallen war, starrten mich ungläubig an, aber da darf man dann nicht irritiert sein, sondern muss sofort auf Normalität umschalten. Ein Milchkaffee bitte und ein Tellerchen mit Gebäck. Zack. Einfach bestellen und so tun, als ob alles in Ordnung ist. Was es ja, nebenbei gesagt, auch war.

Den im Gesicht ablesbaren Protest erstickte ich schon im Keim mit dem Hinweis, dass ich es eilig hätte und gleich zu meinem Anwalt müsste. Das Ansehen der Anwälte ist zwar nicht mehr so wie früher, aber es reichte zunächst aus, damit sie die Bestellung aufnahm.

Allerdings insistierte sie dann beim Bedienen erneut darauf, dass es kein Traum sei und ich mich besser bedecken solle. Jetzt reichte es mir aber! Erstens, blaffte (ein sehr schönes Wort) ich sie an, sei dies sehr wohl ein Traum, denn sonst würde ich ja hier wohl nicht nackt sitzen. Und zweitens würde ich, wenn sie mich nun endlich in Ruhe meinen Kaffee trinken ließe, mich entgegenkommender Weise in Schweigen hüllen. Das müsse reichen. Es reichte, sie gab auf und nahm ab sofort keinerlei Notiz mehr von mir. Und da die Gäste in der Folgezeit ihrem guten Beispiel folgten, ging der Cafébesuch unbehelligt und gesittet zu Ende. Anschließend ging ich nach Hause, schaute noch ein wenig fern und schlief im Bett alsbald ein.

Am nächsten Tag erwachte ich wie gewohnt und überlegte beim Frühstück, ob das mit dem Traum wirklich gestimmt hatte. Denn auch das ist das Wesen von Träumen, dass man mittendrin nicht immer weiß, ob man tatsächlich träumt. Und bei aller Gewissheit, man kann sich letztlich doch nicht sicher sein.

Mir war der Sinn nach Überprüfung und also machte ich mich auf den Weg zum Café und fragte dort nach der Bedienung von gestern. Nachdem ich sie beschrieben hatte, sagte man mir, dass die nicht mehr da sei. Sie habe Knall auf Fall gekündigt, habe ihr Studium geschmissen und sei mit unbekanntem Ziel verschwunden. Etwas Seltsames müsse gestern passiert sein, teilte man mir mit. Sie habe wie hypnotisiert irgendetwas von Träumen und Verwirklichung gestammelt und dass es an der Zeit sei zu gehen. Nein, eine Adresse habe sie wirklich nicht hinterlassen. Aber ich könnte meinen Milchkaffee auch ganz normal bei der neuen Bedienung bestellen.

Das wollte ich jedoch nicht und ging.

5

Der Fakir

Der weise Fakir spricht:
Im Nagelstudio wird genagelt nicht.

6

Der kleine Hunger

Wenn der kleine Hunger kommt, dann mache ich ihn satt.

7

Der Wolf und die sieben Geisslein

(reloaded)

Es war einmal ein fieser Wolf, der nutzte die Unerfahrenheit von 7 kleinen Geißlein aus und fraß sie mit Haut und Haar, auch das kleine in der Uhr. Als die Mutter Geiß nach Hause kam und ihre Kinderlein nicht vorfand, da packte sie schnell ihre Sachen, schminkte sich und verschwand mit ihrem Liebhaber auf Nimmerwiedersehen. Die Rabenmutter führte fortan ein schickes Jet-Set-Leben mit allem Drum und Dran und war in einschlägigen Kreisen durchaus nicht unbekannt.

8

Rumpelstilzchen

(reloaded)

Es war einmal ein Männlein, das hieß Rumpelstilz-
chen. Es litt an ADHS. Außerdem war es hochgradig
cholerisch, rachsüchtig und rechthaberisch. Mit anderen Worten: niemand mochte es. Eines Tages hüpfte es
mal wieder um ein Lagerfeuer herum und freute sich
diebisch über einen gelungenen Coup, als sein Män-
telchen Feuer fing und es im Nu in Flammen stand.
Weil es nun aber so zappelig und außerdem allein war,
bekam es den Brand nicht in den Griff und es ver-
brannte gar jämmerlich. Nichts blieb vom Rumpel-
stilzchen übrig außer einem Häufchen Asche. Den
beseitigte am nächsten Tag das Reinigungskommando
des Königs.

9

Rapunzel

(reloaded)

Es war einmal ein junges Mädchen, das hieß Rapunzel. Es wurde von irgendeinem fiesen Kerl, dessen Name nicht mehr bekannt ist, entführt und in einen hohen Turm gesperrt. Dort saß das arme Rapunzel dann rum und wusste mit seiner Zeit so recht nichts anzufangen. Und außerdem wuchs es nicht mehr, bis auf die Haare. Die wuchsen nämlich umso doller und füllten langsam den ganzen Raum.

Eines Tages kam ein Prinz vorbei, der sofort die Situation begriff und Rapunzel aufforderte, ihr goldenes Haar herunterzulassen. Wie befohlen, so getan. Und sofort kletterte unser eifriger Prinz den Haarstrang hoch, allein, Rapunzel hielt dem Gewicht des Prinzen nicht stand und fiel aus dem Turm heraus. Dabei stürzte sie mit dem Kopf so unglücklich auf den Retter, dass beide sofort tot waren. Das lange Haar von Rapunzel bedeckte die Szenerie, so dass niemand von dem Geschehen etwas mitbekam. Allmählich wuchs Gras über die Sache.

10

Regen

Er stand gegenüber auf dem Bürgersteig und schaute auf die Dachgeschosswohnung, dort, wo er sie hinter den zugezogenen Gardinen vermutete. Wie jeden Abend. Manchmal gab es einen kurzen Lichtschein am Fenster, für ihn ein Zeichen, dass sie tatsächlich zu Hause war.

Wie all die Tage, Wochen, Monate und Jahre zuvor hoffte er, dass sie das Fenster öffnen würde, ihn dort unten stehen sah und vielleicht zu sich hinaufbat. Doch auch heute blieb das Zeichen aus.

Als es dann in Strömen zu regnen begann, störte ihn das zunächst nicht. Hatte er doch schon zuvor jedem Wind und Wetter getrotzt. Und obwohl allmählich durchgeweicht und klatschnass, dachte er nicht ans Aufgeben.

Erst als alle Gullys überliefen und das Wasser in Sturzbächen die Straße hinunterströmte, wurde er wankelmütig. Er, Kummer und Leid gewohnt, hielt durch bis plötzlich die Wassermassen nun auch über seinen Kopf hinwegfegten, ihn mitrissen und in den Fluss spülten.

Seitdem fehlte von ihm jede Spur.

11

Free Buddha!

Meinen ersten Buddha erwarb ich irgendwo in den Weiten Ostfrieslands in einem Discounter mit dem Namen »PLUS«. Beschwingt von diesem so affirmativen Namen des Lebensmittelgeschäftes und noch ganz unter dem Einfluss eines sommerlichen Mehrwochentrips auf einer der Ostfriesischen Inseln betrat ich den Laden und sah ihn in der Ecke »Sonderangebote« sitzen. Er war schwarz, ungefähr neunundzwanzig Zentimeter groß und strahlte in diesem von Neonlicht durchfluteten Ambiente eine Ruhe aus, die dem der Tiefkühlpizza deutlich überlegen schien.

Andererseits verwunderte mich diese Seelenruhe des Buddhas insofern nicht, als er auch noch unter der Rubrik »Spa« verkauft wurde und schon das schien ihn nicht sonderlich aufzuregen. Vielleicht sagte er so zu sich auch, dass in einer so stark säkularisierten Warenwelt wie der unsrigen man auch als Buddha in punkto Markteintritt nicht so wählerisch sein sollte. Es tat mir schon leid, wie er da zwischen all den anderen Waren wie Räucherstäbchen, Leuchtlampe, Spa-Handtüchern und diversen anderen Wellness-Devotionalien der diesseitigen Welt fast ein wenig verloren umher saß und tiefes Mitgefühl bemächtigte sich meiner.

Ein wenig war es auch Scham, die mich zunächst vorbeigehen und dem hiesigen Teeangebot zuwenden ließ. Fast ein Gefühl wie in der Fußgängerzone das scheinbar selbstbewusste Vorbeigehen an den Bettlern, wo auch dort ein leichtes Unbehagen an der Seele haften bleibt.

Doch wie helfen? Was konnte ich tun, um den Buddha aus seiner misslichen Lage und dem grob unspirituellen Umfeld herausholen? Nicht dass ich zu übertriebenem Helfertum neige, aber das hier, das rührte mich schon an. Hier ging es um etwas Grundsätzliches, das konnte ich tief in mir sehr wahrhaftig spüren. Und es war jetzt nicht die Zeit für innere Einkehr und Sammlung. Nein, hier bedurfte es der geschickten und gezielten Tat. Hier ging es nicht allein um den im deutschen Konsumismus ausgesetzten schwarzen Erleuchteten. Nein, dies hier war weiter und tiefer und höher zugleich. Hier im ostfriesisch-ländlichen Raum bei »PLUS« tat sich ein Tor zu etwas Neuem, Erhabenen auf.

Ich spürte ein kaum merkbares Leuchten im Gebäude und ein Odem der Transzendenz umgab mich.

Da alles Überirdische seine Wurzeln im konkret Alltäglichen hat, machte ich auf dem Boden des Supermarktes, niederkniend, einen Kassensturz. Und fand heraus, dass wenn ich nur eine kleine Packung Ostfriesentee kaufen würde, ich den gesamten Ladenbestand an Buddhas werde mitnehmen können. Gedacht, getan.

Flugs einen zweiten Einkaufswagen organisiert,

die Buddhas hineingetan und dann schnurstracks und ohne weiteres Zögern zur Kasse gefahren. Nur noch wenige Meter und die Buddhas sollten ihre Freiheit wiedererlangen.

Allerdings hatte ich die Rechnung ohne die erstaunlicherweise sehr dienstbeflissene Kassiererin gemacht. Statt sich in ihr Lebensschicksal zu ergeben und mich einfach durchzuwinken, glimmte in ihr ob der zwei Wagen mit Buddhas so etwas wie die Einhaltung der Geschäftsordnung auf und sie säuselte leise, aber bestimmt: »Abgabe nur in haushaltsüblichen Mengen«.

Hm, stimmt, das hatte ich auch gelesen. Und so recht konnte auch ich nicht die zwei Wagen voll mit Erleuchteten und das geschäftliche Diktat »haushaltsübliche Menge« in Einklang bringen. Sollte meine spirituelle Rettungstat hier an der Kasse jäh so profan enden? Sollte ich in Begleitung von zwei Wagen erhabener Wesen so jämmerlich an technokratischen Regeln scheitern?

Für einen Moment übermannte mich tiefe Trauer und ein Gefühl, als ob alle Lebenskraft aus mir herausfließen würde. Deutlich hörte ich nun wieder das erbarmungslose Surren der Neonröhren, das wie geomantische Störstrahlen in meine Aura einzudringen schien.

Als ich nun auch körperlich langsam darnieder sank, nur eine Hand noch verzweifelt am Scheckkartenbezahlautomat geklammert, geschah das Wunder. Die Gesichtszüge der Kassiererin wurden plötzlich und unerwartet weich und weicher und es schien als ob die Buddhafiguren den tief in ihr innewohnenden, beinahe letzten Funken an Mitgefühl zum Leben erweckt hätten. Ihre vormals so stark distanzierende Geschäftigkeit wich einer nie von mir für möglich gehaltenen Zugewandtheit und sie fragte mich: »In welchen häuslichen Verhältnissen leben sie denn?«.

Das war die Rettung. Geistesgegenwärtig und mit seltener Klarheit erwiderte ich: »Ich bin der Diener eines großen Aschrams und ich möchte mehr Frieden in unser Heim bringen und in jedes Zimmer einen Buddha stellen. Zur Beruhigung und zur Ausbalancierung unseres Körper-Geist-Seele-Gleichgewichts. Und natürlich für den Himmel auf Erden.« Das wirkte. Mit einem einfachen »Ach so, sagen Sie das doch gleich« entspannte sich die eben noch lebensbedrohliche Situation sofort und ich konnte, nach Zahlung der Rechnung, mit den Buddhas ohne weiteren nennenswerten Zwischenfall ins Freie gelangen.

Dort wartete auch schon meine weibliche Begleitung, die etwas erstaunt wirkte angesichts meines wohl sehr einseitigen Kaufverhaltens. Doch eine kurze und präzise Schilderung der Lage überzeugte auch sie von der Notwendigkeit meines Tuns. Gemeinsam verluden wir unsere aus dem Kreislauf der Reinkarnationen ausgestiegenen neuen Mitbewohner. Dass dabei zwei Koffer und ein Schminktäschchen auf dem Parkplatz von »PLUS« in Ostfriesland zurückbleiben mussten, war zwar schmerzlich, aber kein Leben vollzieht sich ohne Opfer. So auch hier.

Wir hatten Schlimmeres verhindert und schwarze

Buddhas aus den Klauen der Marktwirtschaft gerettet. Eine befreiende und endlich sinnstiftende Tätigkeit in der ewigen Wiederkehr der Tage. Und so fuhren wir entspannt und der Welt leicht entrückt unserem Zuhause entgegen. Niemals fühlten wir uns dem Nirwana so nah wie heute. Namaste!

12

Fusel

Im Bus. Der Mann neben mir. Sein Geruch. Billiger Fusel. Denke ich zumindest, denn ich habe noch nie billigen Fusel getrunken. Ist das tatsächlich der Geruch?

Ich wage einen Selbstversuch. Im nächsten Discounter die Regale ganz unten. Möchte billigen Fusel, der Blick der Verkäuferin – irritiert, als ich sie danach frage. Dann damit auf den Marktplatz. Präpariere mich. Mantel aus, Flasche auf, alles auf Pullover und Hose gießen, Mantel wieder an. Passantenbefragung: Entschuldigen Sie, riecht so billiger Fusel? Die Mehrzahl sagt »Ja«.

Bin noch nicht zufrieden. Ab nach Hause, duschen, umziehen, ins Weinfachgeschäft. Feinster Cognac, erlesenster Brandwein – alles in einer schönen Tüte. Auf dem Marktplatz die gleiche Prozedur, die gleiche Frage: Riecht so billiger Fusel? Zeige diesmal die teuren Flaschen und die Tüte des Weinfachgeschäftes. Man kommt ins Gespräch und diskutiert. Anerkennung für mein Vorgehen. Ich wirke wie ein Student, sagt einer, Student des Lebens. Ja, sage ich, ich picke mir heraus, was mir gefällt. Living á la carte.

Doch, doch, sagen sie, zuerst denke man an billigen

Fusel. Dann jedoch, auf den zweiten Geruch, ja, da bemerke man schon einen gewissen Unterschied. Fast schon einen Klassenunterschied. Gutes habe eben seinen Preis und das könne man auch riechen.

Jetzt bin ich zufrieden. Ich habe es immer gewusst: Qualität setzt sich durch. Auch beim Fusel.

13

Geschlechtertausch

Aus dem leichten Mädchen wurde ein
schwerer Junge.

14

Der Froschkönig

(reloaded)

Es war einmal ein König, der war ein Frosch. Und der quakte und quakte und quakte. Bis es den Bewohnern zu bunt wurde. Sie gaben ihm deshalb im Wege eines Referendums die Erlaubnis, Autobahnen und Landstraßen zu queren, ohne nach rechts und links zu gucken. Und ohne Krötenzaun. Da war bald Ruhe im Land. Wie in einem Grab.

15

Schneewittchen

(reloaded)

Es war einmal ein junges Fräulein, das mied die Sonne so sehr, dass sie ganz blass war. Sie hieß deshalb Schneewittchen. Schneewittchen war eine moderne Frau, die, der Monogamie überdrüssig, mit den 7 Zwergen hinter den 7 Bergen in häuslicher Gemeinschaft wohnte. Sie wusch und kochte, die Zwerge gingen arbeiten. Soweit so gut. Eines Tages biss Sie in einen giftigen Apfel und starb. Die Zwerge bahrten ihren Leichnam in einem gläsernen Sarg auf, damit ein Prinz vorbeikommen konnte und sie wachküsste. Dummerweise war gerade die Monarchie abgeschafft worden und deshalb kein Prinz zur Hand. Weshalb das Schneewittchen in dem Sarg liegen blieb. Aber nur für kurze Zeit. Wie später rekonstruiert wurde, war das Schneewittchen nämlich nur scheintot und erwachte wohl irgendwann und verließ den Glassarg. Was dann aus ihr geworden ist, weiß mal wieder keiner.

16

Sterntaler

(reloaded)

Es war einmal ein Mädchen, das war so arm, dass es nur ein Hemdchen am Leib trug. Eines Nachts als der Himmel klar war und die Sterne leuchteten, da wünschte es sich nichts sehnlicher als reich zu sein. Und auf einmal prasselten die Sterne vom Himmel und regneten in Form von Münzen auf es herab. Und es breitete sein Hemdchen aus, um all die Münzen aufzufangen. Nur heißen Münzen ja nicht umsonst Hartgeld. Und so wurde das Mädchen von all den Münzen erschlagen und ward auf der Stelle tot. Am nächsten Tag fanden die Bewohner sie begraben unter einem riesigen Berg von Talern. Der König erklärte diesen Berg zu einem nationalen Denkmal und es war verboten, dieses anzufassen. Es sollte jedermann mahnen, sich genau zu überlegen, was man sich wünscht. Von diesem Tag an hat sich im ganzen Königreich niemand mehr gewünscht, dass es Taler vom Himmel regnet.

17

Die Prinzessin auf der Erbse

(reloaded)

Es war einmal eine Prinzessin, die setzte sich auf eine Erbse. Da war die Erbse platt.

18

Der Mensch

Der Mensch ist wie eine Eintagsfliege, nur mit mehr Tagen und ohne Fliegen.

19

Die Rabenmutter

Eine Mutter behandelte ihre Kinder wie Raben. Denn sie waren Raben. Das Jugendamt meinte, da könne man nichts machen. Rabe schlägt sich, Rabe verträgt sich, sagten sie. Die Einschaltung eines Ornithologen wurde nicht erwogen.

20

Erwiderungen

Sie sind wohl auf schnelle Abenteuer aus? Nein, ich habe Zeit.

Kommen Sie mir bloß nicht so. Wie dann?

Ihr ganzes Leben, das ist doch ein einziger großer Fake. Was sonst?

21

Kaffeeklatsch

... wenn sie ihm den Kaffee ins Gesicht schüttet, dass es eine Wonne ist und dabei dieses charakteristische Geräusch entsteht: Kaffeeklatsch.

22

Schmatz nicht so laut, Schatz!

Während ich des Abends in meinem Fernsehsessel saß, um eine bunte Sendung zu schauen, bemerkte ich, wie jemand hinter mir auf dem Sofa schmatzte. Nun, ich hasse Schmatzen wie die Pest, obwohl ich Letztere, also die Pest, nur aus dem Geschichtsunterricht kenne und sagte »Schmatz nicht so laut, Schatz!«.

Doch der Schatz war keiner und schmatzte einfach weiter. Nun, ich bin es nicht gewohnt, dass man meine Befehle ignoriert, weder beruflich noch privat. Also wiederholte ich, mit deutlichem Unwirschsein erneut »Schmatz nicht so laut, Schatz!«. Allein, es half nicht. Im Gegenteil, als ich nun auch noch deutlich und vernehmlich (Freunde nennen es »herrisch«) mit der Hand auf die Sesselkante schlug, gesellte sich zum Schmatzen auch noch ein Fauchen.

Gegen Fauchen habe ich an und für sich nichts, dennoch blickte ich mich um und sah auf dem Sofa hinter mir: einen Leguan. Nun, ich bin ein Tierfreund. Allerdings fragte ich mich, wo meine Frau war. Und wo kam der Leguan her? Und warum saß der da? Und warum schmatzte er?

Nun, ich bin gut im Fragen stellen, aber ganz schlecht im Antworten finden. Also eigentlich ein Philosoph, wenn auch geistige Tiefe meine Sache nun mal nicht ist. Ich bin ein einfacher Mann. Also sagte ich zu mir: Eigentlich ein hübsches Tier, so ein Leguan. So schön bunt. Wie gemacht für meine Wohnung. Gut, ich müsste wohl mehr heizen, aber das Theater mit den kalten Füßen ist mir als Ehemann vertraut. Eigentlich kaum eine Umstellung. Und ich beschloss, dass das Schmatzen mich fortan nicht mehr stören sollte.

Ich drehte das Fernsehgerät etwas lauter und war alsbald im Programm vertieft. Und der Leguan, so nahm ich aus dem Augenwinkel wahr, löste inzwischen ganz leise ein Sudoku. They call it Home, sweet Home.

23

Moralgeschichte: Hokus und Pokus

Hokus und Pokus waren zwei Gauner, wie sie im Buche stehen. Wobei der Titel des Buches unbekannt ist. Aber egal.

Früher waren Hokus und Pokus im Zirkus sozialversicherungspflichtig angestellt. Aber dann kamen das Internet und die Globalisierung und der ganze Zirkus musste dichtmachen. Die Leute wollten nur noch Videos sehen und ihre Aufmerksamkeitsspanne sank unter eine Minute. Da waren Hokus und Pokus arbeitslos.

Und es war kein Zufall, sondern Notwendigkeit, dass sie auf die schiefe Bahn gerieten und in die Kriminalität abrutschten. Das ging dann nicht lange gut und sie kamen ins Gefängnis. Ein Glücksfall!

Denn im Gefängnis gibt es kein Internet und keiner kann weglaufen. Also führten sie ihre Zirkuszaubertricks wieder vor und stießen auf wohlwollende Resonanz. Ja, sie durften sogar durch die alle Gefängnisse dieses Landes touren und auch das Ausland klopfte an ihre Zellentür. Ein Erfolg ohne Gleichen.

Und auf eigenen Wunsch bekamen sie lebenslänglich.

Was für eine tolle Karriere!

Da kann man es mal wieder sehen: manchmal gibt es doch ein richtiges Leben im falschen. Zumindest für Hokus und Pokus.

24

Moralgeschichte: Graf Koks

Graf Koks vom Gasweg ist vor einiger Zeit von uns gegangen. Es ging ihm schon etwas länger schlecht. Denn der Verfall des Adels in diesem Land traf auch ihn sehr hart. Eines Tages war sein ganzes Geld alle und es kam, wie es kommen musste: Graf Koks musste seinen Grafensitz verkaufen und arbeiten gehen.

Das gefiel ihm gar nicht. Da begann er – nomen est omen (der Name ist ein Zeichen) – Rauschmittel zu schnupfen. Der Anfang vom Ende. Einem recht schnellen Ende.

Dies ist ein besonders erschütterndes und eindrückliches Beispiel dafür, dass man heutzutage nicht mehr sicher sein kann, dass die Dinge einfach so weiterlaufen wie früher. Das Schicksal von Graf Koks warnt uns alle und ruft jedem von uns laut zu: »Pass auf! Der Wandel trifft auch dich!«

25

Moralgeschichte: Lari und Fari

Lari und Fari waren zwei bekannte Italiener, die am Anfang ihres Lebens in den Gondeln von Venedig während des Karnevals ihre Lieder sangen. Ihre Auslandstour nach Mainz, Köln, Aachen und Vechta kam dagegen gar nicht gut an. Um nicht von der Stütze leben zu müssen, buken sie im Hühner Hugo, Düsseldorf, lange Zeit Pizza und sangen dabei, was das Zeug hielt. Sie prägten den Satz »Ich lasse mir das Singen nicht verbieten«. Weil die Kunden ausblieben, wurde ihnen aus verhaltensbedingten Gründen gekündigt. Die Arbeitsgerichte bestätigten in allen Instanzen diese Kündigung. Zur Begründung führte zuletzt das Bundesarbeitsgericht in Erfurt aus »Wir sind hier nicht in Italien«. Der Europäische Gerichtshof sah sich nicht in der Lage, das Urteil zu kippen, mit der Begründung, dass Düsseldorf nun wirklich nicht in Italien liege.

Lange Zeit hörte man dann von Lari und Fari gar nichts mehr. Letzten unbestätigten Meldungen zufolge haben sie sich mit anderen illustren Kumpanen zu einer Comedytruppe zusammengeschlossen, um noch einmal ganz groß rauszukommen. Dabei sollen u. a. Wischi und Waschi, Koko und Lores, Hum und Bug, Firle und Fanz, Kladde und Radatsch sowie – wieder da – Mum und Pitz mit von der Partie sein.

26

Ein Früchtchen

Er nannte sie Pampel, sie war seine Muse.

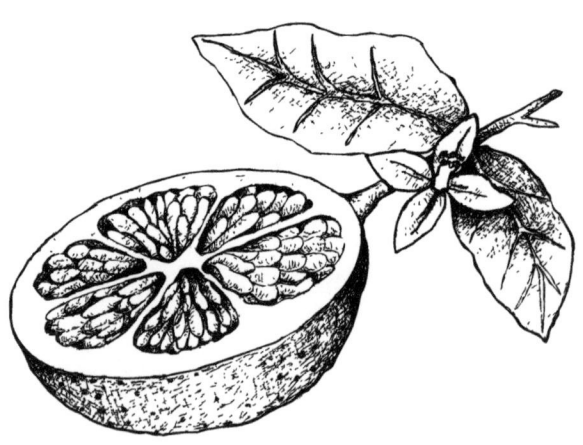

27

Otis und ich

Ich sitze in der Stadt, in der ich wohne, in einem Café. Es hat neu aufgemacht (sagt man so). Nichts Ungewöhnliches, denn öfter machen Cafés auf, während andere wieder schließen. Wir leben in einer Café-auf-und-zu-mach-Zeit.

Ich sitze in dem Café und trinke Tee. Endlich ein Tee, der richtig zubereitet wird, also in der Stadt, in der ich wohne eine absolute Ausnahme. Bei mir habe ich ein Fieberthermometer der alten Art aus Quecksilber (Quecksilber – englisch: Quicksilver – soll ja abgeschafft werden).

Von Zeit zu Zeit führe ich das Thermometer in den Tee ein und messe so die Temperatur. Als die Temperatur bei 18 Grad Celsius liegt, stehe ich auf, bezahle und gehe. Und summe Otis Redding auf meine ganz eigene Art und Weise: sitting in a tea café, wasting time.

28

Touch the Screen

Entschuldigung.
Ja?
Das ist kein Touchscreen.
Nein?
Nein. Das ist ein Fenster.
Oh. Wie ungewöhnlich.

29

Frühmorgens

Der Weise verpasst den Bus ganz leise. Scheise.

30

Schlagende Argumente

Als sie ihm im Verlauf der ehelichen Auseinandersetzung irgendwann auf die linke Wange schlug, hielt er auch die rechte hin, wovon sie dann ergiebig Gebrauch machte. Anschließend schlug er sie ebenfalls auf die Wange, woraufhin auch sie die andere hinhielt. Das ging eine ganze Weile so munter weiter, bis es irgendwann spät wurde und schließlich die Standuhr zwölf schlug. Da beendeten die beiden ihr Gespräch und einigten sich auf unentschieden. Wieder einmal.

31

Perpetuum Mobile

Ich liebe möblierte Zimmer. Deshalb habe ich auch nie anders gewohnt. Ich sitze dann im Zimmer und überlege, wer hier schon alles seine Zeit verbracht hat. Und mit diesen Gedanken und inmitten der Möbel versuche ich ein Gespür dafür zu bekommen, wie es ist, ein anderer zu sein. Wenn mir das gut gelingt, ziehe ich aus in eine andere Wohnung. Natürlich wieder möbliert.

32

Vergessen

»Morgen ist auch noch ein Tag«, sagte die Eintagsfliege und machte erst einmal Pause.

33

Dolls don't cry

(Drabble)

Als ich hier das erste Mal im Dunkeln stand, da war mir, Hand aufs Herz, schon ein wenig mulmig. Doch mit der Zeit gewöhnst du dich daran. Diese schier unendliche Nacht gibt mir die Gelegenheit, mein Dasein zu reflektieren. Ereignisse vergangener Zeiten kommen mir in den Sinn. Wie es ist, im Licht zu stehen. Alle Blicke gebannt auf dich gerichtet. Und viele, ganz viele richten sich nach dir. Du bist ihr großes Vorbild. Spüre ich so etwas wie Stolz? Morgen wird er endlich kommen. Der Sommerschlussverkauf. Morgen komme ich ganz groß raus. Denn ich bin eine Schaufensterpuppe. It's Showtime, Baby.

34

Oh, Idylle, du!

(Drabble)

Wenn du hier neben mir liegst, Liebling, dann fühle ich mich so pudelwohl, wie es nur ganz frisch Verliebten gelingt. Ein warmes Gefühl durchströmt mich und dir, Schatz, geht es ganz genauso. Das sehe ich dir an der Nasenspitze an. Wie du den Mund öffnest, wenn du lächelst. Allerliebst. Du gibst mir alles, was ich brauche. Eine gute Zuhörerin für meine Gedanken, anschmiegsam und immer bereit. Zudem eine treue Gefährtin, wie jeder Mann sie sich nur wünschen kann. Komm, lass uns noch ein wenig du weißt schon was machen. Bevor ich dir die Luft rauslasse. Gleich kommt Mutter zum Tee.

35

Evolución

(Drabble)

Ich hasse Veränderung. Warum um Himmels Willen muss sich alles um mich herum immer wieder verändern? Kaum hast du dich an was gewöhnt, bumms, schon geht es wieder weiter. Wie soll man da noch zu sich kommen? Wie die Ruhe finden, die es braucht, um zu werden? Irgendwann ist ja auch mal gut! Ich bin einfach noch nicht so weit. Kann das bitte einfach einen Moment warten. Nur mal durchschnaufen. Mehr verlange ich doch nicht. Ich werde meinen vorbestimmten Weg gehen. Indianerehrenwort. Ich fresse doch schon den ganzen Tag. Bitte, liebe Natur, lass mir Zeit damit, ein Schmetterling zu werden.

36

Ein Tag im Leben von Superman

(Drabble)

Superman, unser stählerner Held vom fernen Planeten Krypton, wollte sich eines Tages auf seine abendliche Patrouille begeben, als er ein veritables Kribbeln in der feinen Nase verspürte. Schnell flog er in einen nahen Wald, landete auf einer Lichtung, als er auch schon kräftig niesen musste. Das war's dann mit dem Wald und dem langjährigen Aufforstungsprogramm der Regierung. »Ich habe einen Schnupfen«, stellte der außerirdische Held verwundert fest und flog in die Antarktis zu seiner Festung der Einsamkeit. Ab ins kuschelige Bett. Mit schön heißem Kamillentee. Comicfans diskutieren noch heute auf der bekannten San Diego Convention, wie das bloß geschehen konnte.

37

Klapper Storch!

(Drabble)

Der morgendliche Tau hing noch in den Gräsern, als ein Klapperstorch sich aufmachte, etwas Essbares zu ergattern. Er hatte Froschhunger und der wollte alsbald befriedigt werden. Schon stocherte er mit dem Schnabel im nahegelegenen Bächlein. Allein, weit und breit konnte er keine Froschbeute machen. Woran das lag? Nun, vielleicht warnte das viele Geklapper die Frösche und sie gingen geschickt in Deckung. Oder war es gar ein froschloser Bach? Der Storch war jedenfalls richtig sauer und lief immer hektischer den Bachlauf ab. Irgendwann gab er auf. Die Frösche, die auf den Bäumen saßen, quittierten es mit Genugtuung. Eine ganz neue Spezies.

38

Gothic-Fee

(Drabble)

Die Frau im Bus drei Reihen vor mir war genau mein Typ. Lange schwarze Haare, die auf einen langen schwarzen Mantel fielen. Blasser Teint, schwarzes und rotes Make-up, das ihr etwas Verruchtes gab. Dazu lange schwarze Lederstiefel. Am Arndplatz stieg sie aus, ich folgte ihr den weiteren Weg in das Dunkel des Katharinenviertels. Sie schwebte mehr, als dass sie ging, vom Mondlicht angestrahlt. Ich beschloss, sie anzusprechen. Als ich sie erreichte, leuchtete und funkelte ihr Gesicht. Bevor ich etwas sagen konnte, löste sie sich auf und glitzernder Staub erhob sich in den Abendhimmel. Den schwarzen Mantel nahm ich an mich.

39

Praktisch

Das Pärchen, welches neben mir im Café sitzt, hat das berühmte Restless-leg-Syndrom. Ich packe fortwährend Zwieback unter ihre Hacken. Bald schon kann ich mein Original Wiener Schnitzel panieren.

40

Paar und Balkon

Er ist zwei Köpfe kleiner als sie. So hat er immer eine gute Aussicht.

Sie kann über ihn hinweg gucken. So hat sie in guten Momenten das Gefühl, sie sei noch zu haben.

41

Mutters Sohn

Schon seit der Geburt bin ich Mutters Sohn. Ab meinem 50. Geburtstag sitze ich nun nicht mehr auf ihrem, sondern sie auf meinem Schoß. Das war zwischen uns schon lange vorher so abgesprochen.

42

Moralgeschichte: Der König und der Teppich

Es war einmal ein König, der es sehr genoss, ein König zu sein. Natürlich auch wegen der Reichtümer. Vor allem gefiel es dem König, dass er so viele Untertanen hatte, die ihm immer so schön huldigten. Und wann immer es ihm in den Sinn kam, also beinahe täglich, ließ der König einen roten Teppich ausrollen und stolzierte darauf herum, während die Untertanen ihm zujubelten. Bis eines Tages der Teppich plötzlich anhob und der König damit abhob. Denn der Teppich war ein fliegender Teppich und entfleuchte mit dem König ins All. Er wurde nie wieder gesehen. Den Untertanen war es egal.

43

Moralgeschichte: Der Filmmörder

Klaus Kowalski, ein Mann polnischer Abstammung, ging in die Bücher der Kriminalgeschichte als der Filmmörder ein. Und das kam so. Schon in jungen Jahren legte sich Klaus Kowalski damals eine Super-8-Filmkamera zu. Er filmte alles, was ihm vor die Linse kam. Er war auch gar nicht schlecht darin. Denn du wirst ja automatisch gut in dem, was du tust. Allerdings, und auch das gehört zur Geschichte dazu, der Klaus Kowalski war das, was einmal in einem deutschen Spielfilm jemand einen Fiesen Möp nannte. Mit anderen Worten: Klaus Kowalski freute sich am Unglück anderer und bereute nichts.

Es begann damit, dass er eine junge Frau, die er filmte, bat, noch einige Schritte rückwärts zu gehen. Dadurch geriet sie auf die Straße und wurde von einem Reisebus, der in den Schwarzwald wollte, überfahren. Allen war sofort klar: Das war ein schreckliches Unglück. Klaus Kowalski guckte auch ganz betroffen.

Etwas Ähnliches wiederholte sich auf der Zugspitze. Nur ohne Bus, dafür ein Mann, der über eine

59

Balustrade fiel, als auch er ein paar Schritte weiter rückwärtsgehen sollte. Klaus Kowalski, der Pechvogel, stand in den Zeitungen. Leider ging es so weiter.

Ob nun eifrige Mitarbeiter der Bahn plötzlich etwas zu viel Zug bekamen oder lustige Schwestern ihre Dekolletés zu weit aus dem Riesenrad hängten, immer nahm das Unglück seinen tödlichen Verlauf, wenn Klaus Kowalski zum filmischen Stelldichein lud. Als dann auch noch ehrliche Kumpel in die Grube fielen und fesche Seemänner unfreiwillig von Bord gingen, da endlich leuchtete es auch dem dümmsten Polizisten ein: Klaus Kowalski muss dingfest gemacht werden.

Lange verfolgten sie ihn. Auf einem Bauernhof in der Nähe von Bad Zwischenahn (Ammerland) umstellten sie ihn dann mit einer bewaffneten Hundertschaft. Der Leiter rief »Keinen Schritt weiter!«, doch Klaus Kowalski war anderes gewohnt. Er ging zwei Schritt zurück und fiel in eine tiefe Sickergrube, in der er jämmerlich ertrank. Seine Super-8-Kamera und seine gesamten Filme aber konnten gerettet werden. Sie werden noch heute an der Hochschule der Polizei in Münster-Hiltrup gezeigt. Als Beispiel dafür, wozu der Mensch so alles fähig ist.

44

Der alleinstehende Herr von nebenan

Der Herr, der neben mir im Mietshaus wohnte, war alleinstehend und sehr verdächtig. Das Merkmal »alleinstehend« machte ihn noch nicht verdächtig. Das sind ja heutzutage viele. Ich zum Beispiel auch. Schon seit Jahren. Auch dass er nicht grüßte, jedenfalls nicht so richtig, er nickte mehr wortlos, machte ihn noch nicht verdächtig. Auch dass er, anders als ich, einer regelmäßigen Arbeit nachzugehen schien, machte ihn noch nicht allein verdächtig. Und auch das beinahe klaglos und merkwürdig ordentliche Durchführen der von der Hausverwaltung geforderten Fege- und Wischarbeiten rief für sich noch keine Verdachtsmomente hervor. Ebenso wenig wie das Nichtvorhandensein jeglicher lauten Geräusche von nebenan. Selbst der Fernseher war kaum zu hören.

Dass der alleinstehende Herr von nebenan einen Fernseher besaß, wusste ich nur, weil ich einmal mit dem Horchrohr an seiner Tür im Treppenhaus gelauscht hatte. Etwas, was ich ansonsten nicht zu tun pflegte. Schließlich der fehlende Damenbesuch. Für sich genommen auch nicht unbedingt verdächtig. Ich hätte schon beinahe jedwede Verdachtsmomente ad acta gelegt, wenn nicht, ja, wenn nicht eines Tages – war es ein Mittwoch oder gar ein Freitag? Ich weiß es nicht mehr genau, denn meine Notizen sind hier sehr vage – wenn also nicht eines Tages diese Herren gekommen wären. Und sie kamen nicht nur einmal, nein, sie kamen immer wieder.

Diese Herren trugen alle Anzüge. Dunkle Anzüge, wie man sie in Filmen sieht. Keiner der Herren grüßte so richtig. Nur ein kaum merkliches Nicken, ähnlich dem meines alleinstehenden Nachbarn. Wie abgesprochen wirkte das, als ob hier eine verschworene Gemeinschaft zusammenkäme. Von innen vor meiner Haustür konnte ich das regelmäßige Erscheinen dieser Herren hören. Ein Klingeln. Ein Türöffnen unten. Ein Hochkommen. Ein Hereinlassen nebenan. Kaum weitere Geräusche.

Dass Herren in Anzügen nebenan hineingingen wiederholte sich mehrere Male, genauer gesagt sechs Mal. Dann Stille. Zunächst. Dann hörte ich ein Murmeln, ein Raunen, ein durch den Raumgehen. Man hörte vermehrtes Klopfen und ein Rufen von Namen. Es klang beschwörend und flehend zugleich. Wie ein Ritual. »Was geht da vor sich in den Räumen meines alleinstehenden Nachbarn von nebenan«, fragte ich mich. Eine Vereinssitzung? Nein. Die Stimmung war eine andere. Das fühlte ich deutlich. Eine Glaubensgemeinschaft, die Templer, die Anonymen Alkoholiker? Schon eher. Doch trotz allen sektenhaften Gebarens, es war, so schien mir, doch etwas Anderes. Aber was?

Ich stand im dunklen Treppenhaus, vorsichtig angelehnt an die Türe meines Nachbarn und konzentrierte mich auf die Enthüllung des obskuren Geheimnisses. Plötzlich öffnete sich wie von Geisterhand die Tür des Nachbarn nach innen und ich fiel hinein. Und noch im Fallen realisierte ich, dass die Tür hinter mir geschlossen wurde und jemand das Licht im Raum dimmte. Ich saß in der Falle.

Ich schaute auf und erblickte sieben Herren in der Runde an einem Tisch sitzend. Die sieben Herren trugen jetzt keine Straßenanzüge mehr, sondern kurze schwarze Lederhosen mit Trägern über dem freien Oberkörper. Dazu dunkle Strümpfe mit Sockenhaltern. Es roch männlich-herb nach billigem Deo. Alle sieben Herren hatten, das fiel mir sofort auf, eine sehr stark behaarte Brust. Ich dachte an Burt Reynolds und das Wort Brusttoupet schoss mir in den Kopf. Die Herren schauten mich stumm an. Irrte ich mich oder lag etwas Drohendes, Gewalttätiges in der Luft? Ich erhob mich schüchtern und sah Spielkarten auf dem Tisch liegen. Ich konnte es kaum glauben – die Herren spielten Mau-Mau.

Sie standen auf und kamen langsam auf mich zu. Immer näher und näher. Ich schickte ein Stoßgebet in den Himmel und flehte inständig um Rettung. Ich schwor bei allem, was mir heilig war, nie wieder zu lauschen, wenn, ja wenn es einen Knall gäbe oder auch nur einen Ruck und ich aus diesem Traum erwachen könnte.

Ich spürte ein inneres Fallen und erwachte tatsächlich – abrupt. Es war fast dunkel in meiner Wohnung und ich saß im Sessel an der Wand zu meinem Nachbarn. Ich musste beim Nachforschen eingeschlafen sein. Ich atmete tief durch und überlegte, ob ich meine Erkundungen tatsächlich aufgeben sollte, als es an meiner Tür klingelte. Das war ungewöhnlich. Um diese Zeit klingelte sonst niemand bei mir. Gerade bei mir nicht.

Meine Neugier siegte mal wieder. Ich öffnete. Der Nachbar. Mit sanfter Stimme und leichtem Lächeln fragte er mich, ob ich nicht Lust hätte, auf ein Stündchen rüber zu kommen. Sie wären zu siebt und würden gemeinsam Karten spielen.

Krachend schlug ich die Tür vor seiner Nase zu und rückte in Windeseile eine Kommode und einen Sessel vor meine Wohnungstür. Sofort lief ich in mein Schlafzimmer, zerrte die Koffer vom Schrank und fing an zu packen. Im Morgengrauen würde ich, so schwor ich mir, nur mit dem Allernötigsten versehen, die Stadt verlassen. Kein Nachsendeantrag, kein Eintrag beim Einwohnermeldeamt würden mich und meinen künftigen Aufenthaltsort verraten. Ich würde verschwinden und niemand würde mich je aufspüren können. Niemand. Auch nicht der alleinstehende Herr von nebenan.

45

Vom rechten Augenblick

Nachmittags, so zur Zeit der blauen Stunde, trinke ich gerne einen Tee. Und zwar schon, so lange ich denken kann. Deshalb kenne ich mich mit dem Teetrinken aus und würde mich sogar schon fast so etwas wie einen Experten nennen.

Was nun über die Jahre in das Zentrum meiner Aufmerksamkeit rückte, ist folgendes: Kurz nachdem dem Tee die Blätter entnommen worden sind, ist er noch zu heiß, als das man ihn unbekümmert trinken könnte. Allenfalls ein kurzes Nippen ist möglich, will man sich nicht die Zunge verbrennen.

Wenn man jetzt, um die Abkühlphase zu überbrücken, nach einem Buch greift, ja sogar darin etwas länger liest, vielleicht in der Story versinkt, dann ist der Tee kalt geworden und damit ungenießbar.

Man kann jetzt zwar mancherlei tun, ihn etwa auf ein Stövchen stellen oder durch Zufuhr von etwas heißem Wasser sein kaltes Schicksal ungeschehen machen wollen. Allein, es ist nicht dasselbe, als wenn man den Tee zur rechten Zeit zu sich nimmt, jenen Moment, in dem eine vollendete Balance zwischen heiß und kalt hergestellt wird, einen Zustand, den ich »gerade richtig« nenne.

Und jeder, der noch einen Funken Anstand hat oder auch nur ein wenig Gespür für einen solchen Augenblick, dem wird gewahr, wie kurz der rechte Augenblick ist. Ihn zu erhaschen und recht zu nutzen ist eine wahre Lebenskunst, die leider immer weniger Menschen beherrschen.

46

Rattenpoker

Es war an einem schönen Sonntagnachmittag. Die Kinder hatten gestern das Haus verlassen – Klassenreise, eine bisweilen segensreiche Erfindung der Neuzeit. Er beschloss, einen schönen gemütlichen Sonntagnachmittag zu verbringen. Also Tee, etwas Gebäck, leise Musik und die Sonntagszeitung. Natürlich mit dem Feuilletonteil zu Anfang, man ist ja schließlich gebildet.

Er war also drauf und dran, diesen schönen Beschluss in die Tat umzusetzen, als er ein Kratzen aus dem Badezimmer hörte. Da das Kratzen leider nicht aufhörte, sondern fortdauerte und an seinen Nerven zu nagen begann, öffnete er die Badezimmertür. Er machte das Licht an – es war ein Innenbad – und sah neben der Toilette eine Ratte sitzen. Die knabberte an der Badezimmergarnitur, die er gerade kürzlich aus einem Geschäft im Gewerbegebiet erworben hatte! Er sah die Ratte mit Erstaunen an und die Ratte guckte erstaunt zurück. Oder war das nur eine Einbildung? Egal.

Was also tun mit der Ratte? Der schöne Sonntag schien gefährdet. Dennoch verwarf er den Gedanken, sie zu ersäufen oder gar mit dem Staubsauger anzugehen.

Schließlich kam der Mensch in ihm zum Vorschein. Er lud die Ratte auf eine Tasse Tee und etwas Gebäck ein.

Die Ratte nahm die Einladung ohne zu murren an, was blieb ihr auch anderes übrig. Allein, sie verschmähte den frisch gebrühten Ostfriesentee. Er war ihr schlichtweg zu bitter. So erhielt sie ein Schälchen Milch, das sie ohne viel Schlürfen leerte.

Er überlegte, welche Musik jetzt angesichts des tierischen Besuchs zu spielen sei. Bedauerlicherweise konnte er keine passende Rattenmusik anbieten, wenn man von der Musiksammlung seiner Kinder absah. Stattdessen legte er Mozart auf und dachte so bei sich: Mozart geht immer.

Jetzt wollte er seine Zeitung lesen, traute sich aber zuerst nicht, denn lesen, wenn Besuch da ist, gilt gemeinhin als unhöflich. Ganz anders als Fernsehen bei vielen Familien. Da er auf seine geliebte Lektüre nun aber nicht verzichten wollte, ließ er der Ratte die Wahl: Wirtschafts- oder Politikteil – richtige Rattenlektüre, wie er fand.

Und tatsächlich, die Ratte wählte den Wirtschaftsteil. Sie zerfetzte zuerst den Artikel über amerikanische Hedgefonds und andere schlechte Angewohnheiten dieser Tage. Die ist ein bisschen wie ich, dachte er. Auch er zerriss bisweilen unverschämte Buchrezensionen. Allerdings wurde er nie handgreiflich, sondern schrieb zumeist einen geharnischten Gegenartikel, der sich gewaschen hatte. Diesen steckte er in einen Briefumschlag, adressierte ihn an die Kulturredaktion der

Zeitung, um ihn dann in einen Karton zu den anderen zu geben. »Liest doch sowieso keiner«, sagte er dann zu sich.

Die Ratte hatte inzwischen auch den Politikteil schonungslos zerfetzt. Besonders der Leitartikel schien wenig Gefallen gefunden zu haben. Er goss der Ratte etwas Milch und sich etwas Tee nach. So lässt sich's leben, dachte er.

Allerdings nur kurz. Der Ratte wurde nämlich langweilig. Einen Zustand, den er nicht kannte. Außer bei gelegentlichen Gesprächen mit Bekannten, die er dann aber dadurch zu beenden pflegte, dass er sich abrupt umdrehte und unverrichteter Dinge seines Weges ging.

Die Ratte trippelte nun auf der Stelle und wurde unruhig. Ein Gesellschaftsspiel, schoss es ihm in den Kopf. Das überbrückte ja auch mit den Kindern so manchen lauten Feiertag. Doch welches Spiel, Mensch-ärger-dich-nicht? Nein, er konnte nicht gut verlieren. Schach? Nein, sinnlos. Er liebte ja die Rochade, jenen genialen Schachzug, bei dem man König und Turm miteinander vertauscht und dadurch dem Spiel neues Leben einhaucht. Aber nicht jeder kannte diese feine Variante und allmählich hatte er die Lust verloren, ungläubige und unwirsche Gegner aufzuklären. So kam es, dass er schließlich Poker wählte. Und da die Ratte augenscheinlich kein Geld besaß, lieh er ihr welches.

Schon das erste Spiel – er legte die Karten für die Ratte verdeckt hin – verlor er haushoch. Dabei schaute die Ratte sich die Karten gar nicht richtig an, sondern tippte mit ihrer Pfote auf diejenigen, die ausgetauscht werden sollten und legte sich auf das komplette Blatt, wenn sie diesen Vorgang für beendet hielt.

So ging es eine ganze Weile. Die Ratte gewann ein Spiel nach dem anderen. Er dachte, dass das nicht mit rechten Dingen zuging. Zwar machte er zuerst den Urinstinkt des Nagers für das clevere Spielen verantwortlich und ließ auch den Gedanken an geheime Poker-Dressur-Experimente nicht außer Acht. Allein, er verwarf diese Fantastereien und sagte sich »Purer Dusel«. Allerdings einer, der nicht enden wollte.

Als er nun neben seinem ganzen Geld auch seine goldene Taschenuhr, ein Erbstück, verlor, wurde ihm mulmig und er beendete den Sonntagsspaß. Er rief: »Schluss damit. Wir machen jetzt etwas Anderes«. Als er nach dem Geld und seiner Uhr griff, sah er sich mit bedrohlichem Quieken, bitterbösen Blicken und anderen unfreundlichen Drohgebärden konfrontiert. Da er Streitigkeiten hasste, insbesondere die handgreiflichen – ein Ergebnis verzärtelnder Erziehung seitens der Mutter – zog er die Hand zurück und zischte laut und vernehmlich: »Du Ratte!«. Der Ratte indes war's einerlei. Sie sah sich im Recht. Redlich erworbenes Zockergeld.

Die Stimmung war jetzt (natürlich) nicht mehr ungetrübt. Die Ratte bewachte misstrauisch den erspielten Schatz – Geld nebst Erbstück. Er sann grollend auf Rache. *Vielleicht trete ich sie gegen die Wand,* dachte er grimmig, überlegte es sich dann aber anders. Ratten gelten als widerstandsfähige Biester, erinnerte er sich an eine Fernsehdokumentation, die mit dem, wie er fand, melodramatischen Satz endete: »Die Ratte wird den Menschen überleben«.

Er fühlte, wie sich tiefe Verzweiflung seiner bemächtigte, und er erkannte: Aus dem friedlichen Besuch war eine animalische Bedrohung geworden. Mit wachsendem Unwohlsein bemerkte er seine lähmende Hilflosigkeit. *Was tun? Was soll ich bloß tun? Gibt es einen Ausweg?*

Als er so dasaß in seinem Sessel, einem Häufchen Elend gleich, da musste er plötzlich laut auflachen, deutlich über Zimmerlautstärke. Laut sagte er: »Mensch, Mensch, Mensch. Du bist ein Mensch und das ist bloß eine einfache miese Ratte. Denk doch mal klar, dann wirst Du das Problemtier auch los.« Er griff zum Telefonhörer und wählte die Rufnummer der Polizei. Allein, die Leitung war tot. Rattentot. Als er die Schnur mit seinen Blicken entlangglitt, sah er, dass sie unterbrochen war. Durchgebissen von dem dunkelgrauen Schatzbewacher.

Er konnte den Triumph förmlich in ihren Augen aufblitzen sehen, und als sie ihre vorderen Nagezähne zeigte, war ihm das wie ein stilles Verhöhnen. Grausames Miststück, dachte er, nicht mit mir. Er spürte, wie die Wut langsam und warm in ihm hochkroch, ballte die Fäuste und dachte *Küche, ich muss in die Küche*.

Er stürmte los, drauf und dran, in den Flur zu gelangen. Doch die Ratte hatte aufgepasst. Sie biss ihm in den rechten Oberschenkel, so kräftig, dass es heftig auf den Boden blutete. Er schrie laut auf und zog sich in die Ecke des Wohnzimmers zurück. Fassungslos starrte er auf die Wunde. Er wurde kreideweiß im Gesicht. Ohnmacht drohte, doch er riss sich zusammen und suchte verzweifelt nach einer Waffe.

Leider war er früher Pazifist gewesen und konnte nun weder Samuraischwert, Repetiergewehr, noch Bowie-Messer sein Eigentum nennen. »Ich Wurm. Ich elender Bücherwurm!«, schalt er sich kaum hörbar, um dann den glorreichen Gedanken zu entwickeln: Auch Bücher können eine Waffe sein.

Er wählte eine Hardcoverausgabe von Nietzsches »Menschliches, Allzumenschliches« für die rechte, die Waffenhand, und den amerikanischen Ratgeberbestseller »Wie man Freunde gewinnt« für die linke Hand als Schutzschild. Dann stieß er einen fast unmenschlichen Schrei aus und stürzte sich auf das Rattenungetier. Die Ratte war für einen Moment unaufmerksam, wurde von Nietzsche frontal erwischt und an die gegenüberliegende Wand geschmettert. Ein blutiger Fleck bedeckte das soeben noch unschuldige Weiß der Raufaser. Mit einem klagenden Laut rutschte die Ratte hinter das schwarze Ledersofa.

Eilends rannte er in die Küche. Es wollte sich schon ein kleines Triumphgefühl aufbauen, da spürte er einen schmerzhaften Biss erst in die eine, dann in die andere Hand. Er brüllte auf vor Schmerzen. Zähne wie Stecknadeln, durchfuhr es ihn, während Nietzsche, ohne sich zu öffnen, zu Boden fiel und der amerikanische Bestseller im Spülbecken beim Abwasch landete.

Doch jetzt war keine Zeit für die Metaphorik des Lebens. Jetzt gab es da ein blutendes quiekendes Etwas, das zum Sprung in Richtung Halsschlagader ansetzte und den finalen Todesbiss setzen wollte.

Soweit kam es nicht. Geistesgegenwärtig hob er den linken Arm, schüttelte ihn kräftig und warf so den mordgierigen kleinen Killer in den Flur zurück. Mit erstaunlicher Kaltblütigkeit entnahm er der Besteckschublade Nudelholz und Schälmesser. Ganz plötzlich spürte er in sich die Kraft von Thor, dem germanischen Donnergott. Er brüllte: »Jetzt!«, und hieb auf die Ratte ein.

Das erste Nudelholz ging fehl, jedoch der zweite Schlag traf das Tier an der linken Flanke. Behände setzte er nach und stach mit dem Schälmesser zu. Einmal, zweimal, und immer wieder. Er steigerte sich in einen wahren Rausch. Und schon wieder das Nudelholz. Zack! Und noch einmal. Zack! Der Körper des Nagers war kaum noch als solcher zu erkennen. Ein Bild der Verwüstung bot sich, und der Vergleich mit einem Schlachthaus schien angebracht.

Er setzte sich auf den Boden, lehnte den Kopf an die Wand und atmete tief und heftig durch. Er spürte, wie sein Herz schlug und der Schweiß ihm über das Gesicht rann. Es klingelte.

Mühsam rappelte er sich auf und öffnete. Der Nachbar. Er habe Geräusche gehört und wolle mal nach dem Rechten sehen. Dann erstarrte er, sah die Wunden, das viele Blut an der Kleidung, das ebenfalls besudelte Nudelholz am Boden und das Schälmesser in der rechten Hand.

»Alles in Ordnung«, war seine Antwort. »Ich habe nur eine fiese Ratte abgestochen. Es ist vorbei.«

Er schloss die Tür wieder. Setzte sich in seinen Sessel im Wohnzimmer, nahm Geld und Taschenuhr wieder an sich, legte die Füße hoch und schaute aus dem Fenster. Es herrschte Ruhe. Endlich. An diesem schönen Sonntagnachmittag.

47

Tausche Frau gegen Kaninchen

(Drabble)

Als der italienische Zauberer Alfredo Zampanoni bei seinem Comeback auf der Bühne der berühmten WonderCon einige seiner neuesten Werke präsentierte, riefen viele »Taschenspielertricks!« und einer sogar »Amateur!«. Doch Zampanoni ließ sich nicht beirren und bereitete alles für seinen Megatrick »The vanished Partner«, zu Deutsch »Der verschwundene Ehepartner«, vor. Dazu steckte er seine eigene Frau – man munkelte, mit der Ehe soll es nicht zum Besten gestanden haben – in eine schnöde Holzkiste. Simsalabim – und in der Kiste befand sich nur noch ein Kaninchen. Da die Frau für immer verschwunden blieb, wurde Zampanoni von vielen Ehemännern angeheuert und verdiente damit ein beachtliches Vermögen.

48

Edgar kann's

(Drabble)

Ellen sagte immer, der Edgar bekomme es gar nicht mit, dass sie ihn mit mir betrüge. Weil der Edgar einen Kopf kleiner war als ich, war es mir egal. Im Fall des Falles würde ich obsiegen. Edgar merkte auch nichts und behandelte mich stets freundlich. Lud mich sogar in seinen Weinkeller ein, wo ein guter Tropfen Sherry auf mich warten sollte. Der schmeckte gar vortrefflich und ruckzuck war ich rattentütendicht. Ich merkte nicht, wie der Edgar mich erst an die Wand kettete und dann davor eine Mauer errichtete. Dass dann weder der Edgar noch die Ellen wiederkamen, verwunderte mich sehr.

Hinweis: Das Drabble »Edgar kann's« basiert auf Edgar Allan Poes »Das Fass Amontillado« (The Cask of Amontillado) aus dem Jahre 1846.

49

Etwas umständlich

(Drabble)

Als ich eines Tages aus recht krausen Träumen jäh erwachte, fand ich mich als ausgewachsenes Krokodil wieder. Sofort fiel mir auf, dass meine Zahnbürste dafür viel zu klein war. Und auch das teure Schuhwerk wollte nicht mehr so recht passen. Von den modernen Bluejeans ganz zu schweigen. Die Tatsache, dass mein Schwanz ein Anziehen völlig unmöglich machte, hätte mir früher möglicherweise gefallen. Jetzt allerdings nicht. Ich fluchte herum, wurde sauwütend und verschlang den kläffenden Hund von nebenan. Eindeutig ein unüberlegter Frustsnack. Jetzt arbeitet mein Reptiliengehirn mit Hochdruck daran, meinen Rechner wieder ins Laufen zu kriegen. Menno, nichts klappt. Scheiß Windows.

50

Aquarium

(Drabble)

Das da vor meinen Augen muss ganz eindeutig ein Fisch sein. Wie kommt der hierher? Und wie komme ich hierher? Ich muss bewusstlos gewesen sein. Und jetzt noch ein Fisch. Und Korallen! Das sind eindeutig Korallen. Und Sand. Ah, das ist ein Aquarium. Ich betrachte ein Aquarium. Wie schön. Alle Fische schauen mich jetzt an. Sehen, wie ich das Steuer umklammere. Und verwundert feststelle, dass ich noch angeschnallt bin. Und es gluckert und gluckst auf einmal. Nasse Füße. Auch die Fische sind verwundert, dass sich mein Wagen jetzt allmählich mit Wasser füllt. Luftblasen und die Fische schauen rein. Ins Aquarium.

51

Im Gespräch

Im Gespräch geschah es, dass beide immer langsamer sprachen und immer müder wurden. Dann schlief einer ein, dann der andere. Als beide aufwachten, verabschiedeten sie sich voneinander und verabredeten sich zu einem neuen Gespräch.

52

Niedergeschlagen

Jemand schlug mich plötzlich nieder. Noch im Fallen gelang es mir, nach seinem Jackett zu greifen und ihm seine Brieftasche zu entwenden. Wozu ein Mensch in der Not doch alles fähig ist! Der Angreifer entkam. Als ich seine Brieftasche öffnete, entnahm ich ihr einen Personalausweis, auf dem neben meinem Foto auch noch mein voller Name stand. Auch in den Jahren nach dem Niederschlag blieb mir das ein Rätsel.

53

Taxifahrer

Taxifahrer verfügen nur über zwei Kommunikationsmodi. Erstens: Reden, zweitens: Schweigen.

Der Taxifahrer, der mich gestern zum Bahnhof fahren sollte, wählte Modus 1, mir wäre 2 lieber gewesen. Während er redete und redete und redete, bemerkte ich, wie ein seltsames Gefühl langsam in mir hochkroch und aus den Ohren herauswollte. Was es dann auch tat. Eine seltsame, maisgelbe Flüssigkeit. Erst langsam, dann pulsierend, dann wie ein Schwall.

Als die Flüssigkeit den Boden des Taxis erreichte, kristallisierte sie. Meine Füße, von der Flüssigkeit inzwischen überzogen, konnte ich nicht mehr bewegen. Die Flüssigkeit schoss nun immer weiter und schneller aus meinen Ohren und verhärtete sich. Der Taxifahrer merkte von alledem nichts. Im Gegenteil. Er redete sich immer weiter und weiter und weiter in Rage, über ein Thema, das ich nicht kannte. Und die Flüssigkeit quoll und quoll und quoll aus meinen Ohren. Sie hatte nun längst meine Brust erreicht und breitete sich überall im Taxi aus.

Immer schon hatte ich Schwierigkeiten, andere in ihrem Redefluss zu stoppen. Diesmal war es endgültig zu spät. Der Wagen hatte sich nun vollständig mit der erhärteten Flüssigkeit gefüllt. Alle Funktionen, auch die des Fahrens, stoppten. Die letzten Meter zum Bahnhof erlebte ich wie ein leichtes Rollen.

Während ich allmählich reglos und bewusstlos wurde, bemerkte ich neben dem Geräusch der Kreissäge der städtischen Feuerwehr, die uns rausschneiden wollte, dass der Taxifahrer in den Kommunikationsmodus 2 gewechselt war. Schweigen. Endlich.

54

Die Wasseruhr

Die Wasseruhr, die Wasseruhr, zählt die feuchten Stunden nur. Heute waren es genau zwei.

55

Wunderkind

Meine Eltern nannten mich früher immer Wunderkind. Weil ich mich so viel wunderte. Mich wunderte das nicht. Bei den Eltern.

56

Endlich! Ein Zeichen!

Eines Tages, in der Vorweihnachtszeit, fiel neben mir im ersten Stock eines heimisch-heimeligen Buchladens ohne mein Zutun ein Buch aus dem Regal und auf den Boden. Einfach so, ohne jedwede Ankündigung.

Die Buchhändlerin hob es wieder auf, stellte es zurück und musste erkennen, dass es aufgrund von Umfang und Gewicht alsbald wieder aus dem Regal fallen musste. »Das war ein Zeichen«, sagte ich.

Die Buchhändlerin erzählte mir daraufhin die Geschichte von Shirley MacLaine, der amerikanischen Schauspielerin und Esoterikerin. Sie stand ebenfalls einmal in einem Buchladen, als auch ihr plötzlich ein Buch vor die Füße fiel. Sie hob es auf und kaufte es. Das Buch veränderte ihr Leben und sie pries fortan vor jedem, der es hören wollte oder auch nicht, das Wunder des Buches und des Lebens. So kann es gehen.

Nun sind Zeichen im Alltag ja ein alter Schlapphut. Die Religiösen werden dafür die Bibel ins Feld führen, die bibliophilen Pantheisten Peter Handke. Egal. Mich interessierte das Geschehen ausschließlich marketingstrategisch. Marketing ist ja eigentlich auch so was wie eine Religion.

Ich schlug der Buchhändlerin vor, mittels einer versteckten technischen Vorrichtung häufiger mal das eine oder andere Buch »plötzlich« aus dem Regal fallen zu lassen. Und dieses »Zeichen« dann geschickt zu »deuten«.

Shirley MacLaine könnte dann kommen und berichten oder jemand der Shirley MacLaine ähnlich sieht oder jemand, der Shirley MacLaines Buch gelesen hat. Es müsste sich rumsprechen im Städtchen und darüber hinaus, dass hier – und nur hier – der »Zu-FALL von Büchern« herrsche. Und natürlich müsse es in Zeiten wie diesen den Hinweis geben, dass nur »echte« Bücher aus dem Regal fallen. Deshalb liebe E-Book-Reader: bleibts bitteschön zu Hause.

Mehr sei an dieser Stelle zum Thema Event-Marketing nicht verraten. Vielleicht nur so viel: Am 10. Januar findet um 10 Uhr im Steigenberger Hotel zu Osnabrück das erste Casting der »Zeugen« statt. Ihre Aufgabe: Öffentlich und dramatisch darüber Zeugnis ablegen, dass ein herabgefallenes Buch ihr Leben verändert habe. Ein abgeschlossenes Studium (gerne Geisteswissenschaften) sowie rudimentäre Schauspielkenntnisse wären nett. Aussehen egal.

Damit erfüllten sich einmal mehr die Prophezeiungen der großen Wirtschaftsgurus: Die Geschäfts- und Vermarktungsideen liegen auf der Straße! Oder sie fallen – wie hier – in der Vorweihnachtszeit im ersten Geschoss einer Osnabrücker Buchhandlung einfach aus dem Regal. Dies ist ein Zeichen. Zugreifen bitte.

57

Erdgeschoss

Nach getaner Tat stieg ich in den Fahrstuhl und drückte »Erdgeschoss«. Der Fahrstuhl fuhr natürlich zunächst nach oben. Das liegt wohl im Wesen des Fahrstuhls.

Anschließend fuhr er runter und auch wieder hoch. Nur nicht ins Erdgeschoss. Zwei Tage später stieg ich in irgendeinem Stockwerk aus und versuchte mein Glück zu Fuß.

Seitdem nutze ich die auf den Etagen befindlichen Toiletten, um mich immer mal wieder frisch zu machen. Gelegentlich nehme ich kleinere Arbeiten an und mache mich hier und da ein wenig nützlich.

Seit ich eines Nachts über eine Frau mit Fahrrad gestolpert bin und mir das Bein aufgeschürft habe, laufe ich nur noch tagsüber. Ich komme jetzt ganz gut voran. Die Dinge entwickeln sich. »Bald«, so sage ich immer wieder zu mir, »werde ich ankommen«. In meinem Erdgeschoss. Auch ohne Fahrstuhl.

58

Ein bisschen Erleuchtung

Und es geschah, dass ihm die Performance gar so glänzend und auch glorios geriet, dass sie zu ihm kamen, darnieder fielen und riefen: »Herr, schenke uns Dein Wohlwollen und gib uns Erleuchtung.« Er hingegen war zwar voller Wohlwollen, hatte andererseits aber auch ein Auge auf die kleine Schwarze in der ersten Reihe rechts geworfen.

Und so erhob er seine Hand, richtete den Zeigefinger Richtung gegenüberliegender Wand und verkündete: »Schauet und lauschet und fühlet dort. Schmecket auch und riechet sogar.« Sprach's, griff sich die Kleine und entfleuchte mit ihr lautlos durch den Ausgang (der vorher ein Eingang war).

Die anderen aber taten wie ihnen geheißen. Sie erblickten die Wand, traten noch näher, knieten nieder und erschauerten angesichts des Numinosums – ein Lichtschalter! Und einer von ihnen, der Mutigste, machte sich auf die Socken (denn sie trugen keine Schuhe mehr im Raum) und drückte auf den Schalter.

Und ganz natürlich ward es Licht. Da fielen sie allesamt in eine tiefe Trance und murmelten inwendig: »Ein Anfang, das ist doch schon mal ein Anfang.« Und waren's zufrieden.

59

Laufen lassen

(12 very Short-short Stories)

»Laufen lassen« denkt
der Kneipier,
der Trinker,
der Schuldner,
der Polizist,
der Zuhälter,
der gehörnte Ehemann,
der Hundehalter,
das Elternteil (Vater),
der Verteidiger,
der Pferderennstallbesitzer,
der Dammbauer,
die Kanzlerin.

60

Frühstück

Gedankenverloren rührte ich in meiner leeren Teetasse den Kandis um und streichelte mein Frühstücksei. Dabei tauchte tief aus meinem Inneren ein Gefühl auf. Ich weiß aber nicht mehr welches.

61

Angelausflug

(Drabble)

Ein Mann unternahm mit seiner Frau und den zwei reizenden Töchtern einen schönen Angelausflug. Wochenende, eigenes Boot, was will man mehr. Im ruhigen See warf er die neue Angelrute aus. Grüne Stiefel, blaue Latzhose: der Prototyp des angelnden Familienpapas. Die Zeitungen sollten am nächsten Tag unter der Überschrift »Mann angelt Alligator« leider nur die halbe Wahrheit berichten. Lügenpresse! Denn der Alligator fraß nicht nur den Mann auf, sondern zog auch Stiefel und Hose an. Und angelte jetzt an seiner Stelle seelenruhig weiter. Der Familie war es einerlei. Keiner vermisste den angelnden Papa, alle arrangierten sich mit dem Alligator. Treulose Bande!

62

Jacks Wolfskin

(Drabble)

Jack wuchs unter Werwölfen auf. Das blieb nicht ohne Einfluss auf sein Leben. Da er häufig immer mal wieder von ihnen gebissen wurde, entwickelte er mit der Zeit eine Art Wolfshaut. Sehr praktisch, wehrte sie doch im Winter die fiese Kälte ab. Nach der Ausbildung als Schneider spezialisierte sich Jack auf die Produktion von robusten Jacken. Was niemand weiß: Jack hatte in den Jackenstoff kleine Spritzer seines eigenen Blutes eingewoben. Und so passiert es immer mal wieder, dass einer seiner Kunden bei Vollmond niedliche Schafe reißt. Jack räumt dann heimlich die Schweinerei auf und verkauft das Reißgut meistbietend an Dönerbuden.

63

Papst

(Drabble)

Als der Papst mal wieder über die Welt nachdachte, Nord-Süd-Konflikt, Priester, Ministranten und all das ganze Zeug, da setzte er sich erst einmal bequem in einen Stuhl, seufzte tief, und trank dann einen schönen Cappuccino mit einem Glas Wasser dazu. Er blickte auf seine roten Schuhe und rief »Garçon«, allerdings auf Lateinisch. Der Jüngling erschien und wienerte die Schuhe, dass es eine wahre Freude war. Der Papst sonnte sich nun im neu erzeugten Glanze und fand auf einmal die Welt gar nicht mehr so schlimm. Irgendwo in der Ferne schlug eine Kirchturmuhr zehn. Zeit, ins Bett zu gehen.

64

Kleinwagen

Moderne Kleinwagen sehen immer mehr wie Möpse aus. Wegen ihrer gedrungenen Aggressivität. Ich selber bin ja kein Hundeliebhaber. Auch nicht von Kleinhunden. Deshalb warte ich jetzt auf einen Modellwechsel.

65

Treib gut!

Viele Menschen haben ein oder mehrere Ziele im Leben. Ludwig Lanig nicht. Ludwig Lanig ließ sich lieber treiben. Das hatte er schon immer gemacht. Ludwig Lanig schipperte häufig wie ein Kahn, mal hierhin, mal dorthin, machte dann fest, um anschließend weiterzudriften. Cruisen nannte er das. Durch Berge und Täler, Wälder und Wiesen, und immer wieder in die großen Städte dieser Welt mit ihren Menschenmassenströmen. »Alles fließt«, sagt der Philosoph, und Ludwig Lanig floss ausgiebig. Nahm auf und mit, was links und rechts des Wegesrandes zu erleben war. Jedes Fest und jede Feier. Viel Wein, viel Weib und Mann und manchmal auch Gesang.

Eines Tages fand man irgendwo auf irgendeinem Ozean Ludwig Lanigs Boot: leer. Man sagte, er sei nun da, wo seine Bestimmung lag, aufgegangen im Meer. Nun sei er endlich Teil des Ganzen. Fließend, strömend, überall hin.

66

Der Fremde

Einmal erblickte ich mir gegenüber einen Fremden und schaute ihm eindringlich in die Augen. Der Fremde schaute genauso eindringlich zurück.

Das ging etwa eine gute Stunde so. Da der Fremde, genau wie ich, beharrlich schwieg und sich keine Vertrautheit zwischen uns einstellen wollte, wandte ich den Blick vom Spiegel ab, löschte das Licht in meinem fensterlosen Badezimmer, stieg in mein Bett und schlief alsbald ein.

Noch im Einschlafen dachte ich so für mich: *Man muss ja auch nicht jeden kennenlernen.*

67

Der schwarze Ritter

Samstagmittag. Ein moderner Einkaufstempel vor den Toren der Stadt. Menschenmassen drängen sich durch mehrere Geschosse. Eine Volkswanderung, als ob ab morgen ein finaler Verkaufsstopp droht.

Stehenbleiben in den Gängen fast unmöglich. Also lässt er sich mitreißen und treibt im Strom der anderen. Er stellt sich zu seinen Füßen riesige Transportbänder mit Armen vor, die ihn jetzt sanft packen und an allen Shops vorbeiführen. Herrenboutique, Schuhgeschäft, Geschenkladen, Eiscafé, Geldautomaten.

Gelegentlich einen Stoß in den Rücken oder einen Tritt. Überall Menschen. Aus aller Herren Länder. Stimmen, Geräusche, Musikfetzen. Und Lichter. Überall Lichter. Grell, bunt, pulsierend. Attacken auf die Sinne, dass einem Hören und Sehen vergeht. Ein für alle Mal.

Er hätte nicht herkommen sollen, denkt er, doch jetzt, mitten im Gewimmel, kommt diese Erkenntnis zu spät. Also weitertreiben lassen. Gerüche wie auf einem Basar und auf einem Bahnhofsklo zugleich. Schweiß, Haarspray, Parfüm, als ob neuerdings alle Welt darin badet. Ich kann euch nicht mehr riechen, denkt er, hustet kräftig und droht zu ersticken. Seine Augen tränen.

Verschwommen wie durch einen schmierigen Schleier sieht er den Buchladen. Endlich, sein Ziel. Er drängt in der Masse nach rechts, erst zögerlich, dann mit Nachdruck, jetzt ganz heftig, wird ausgespien und landet vor den Neuerscheinungen. Geschafft!

Schnell in die Ecke mit der Fachliteratur. Ja. Hier ist's ruhiger. Durchschnaufen. Recken. Kleider ordnen. Klar werden im Kopf. Überlegen, suchen, den Grund fürs Hiersein. Ach ja. »Comics richtig lesen«. Ein Meisterwerk über die Neunte Kunst. Am Telefon sagten sie, sie hätten noch ein Exemplar. Tatsächlich. Da im Regal. Er greift danach, schaut Vorder- und Rückseite an, blättert darin, bleibt an einer Seite hängen und liest. Er betrachtet den Text und die Bilder. Erinnerungen tauchen auf. Er taucht ein und wird umfangen. Szenen, Farben, Formen. Er lässt es geschehen. Er vergisst den Buchladen, die Menschen, den Einkaufspark. Er schwebt durch die Decke, berührt jetzt die Wolken, sieht die Erde von oben. Er surft durchs All und fremde Galaxien. Wanderer zwischen den Welten. Und beobachtet: ein Werden und Vergehen.

Er spürt ein Ziehen an seiner Kleidung und hört ein Rufen. Von ganz weit weg. Es kommt von der Erde. Ein Signal an ihn? Ein Hilferuf? Er kehrt zurück und bemerkt, wie jemand an seinem Jackett zerrt. »Hey!«, ruft etwas.

Er öffnet die Augen und sieht einen Jungen neben sich, höchstens acht Jahre alt. »Ja bitte«, murmelt er. Ob er ihn mal vorbeilassen könne. Zu dem Ständer mit den Comics.

»Natürlich, gerne«, erwidert er und tritt zur Seite.
»Was suchst du denn«, fragt er.

»Eine Geschichte vom schwarzen Ritter.«

»Ah so, nie gehört.«

»Doch, das musst du, er beschützt dich doch. Wann immer du ihn brauchst.«

Ob er ihm beim Suchen helfen könne. »Natürlich, gerne.«

Er nimmt alle Comics aus dem Ständer, stapelt sie auf dem Boden, setzt den Jungen daneben und sich dazu. Dann tauchen sie gemeinsam ein in die Welt der bunten Bilder. Alte und neue. Farbig und schwarzweiß. Spannend und traurig. Komisch und tragisch. Voller Hoffnung. Und er spürt, wie sein Atem weit wird, wie er leichter wird, wie er aufblüht. Und er blickt in strahlende Kinderaugen. Sie kommen ihm seltsam bekannt vor. Alles so vertraut. Und so sicher. Eine seltene, fast vergessene Geborgenheit. Und über allem wacht der schwarze Ritter. Es kann nichts passieren. Alles ist so ja – heimelig.

Wieder das Ziehen am Jackett. Er kommt zurück, öffnet die Augen.

»Meine Eltern sind weg. Und ich dachte, der schwarze Ritter kann mir helfen.«

»Ja, das kann er auch«, beruhigt er ihn. »Hab' keine Angst. Ich habe mit ihm gesprochen und weiß, was zu tun ist.«

Von fern eine Lautsprecherdurchsage. Der kleine – Eltern – Infostand.

»Das sind sie. Bringst Du mich hin, bitte. Ich schaffe das nicht alleine.«

»Natürlich«, sagt er. Sie bezahlen und stecken jeder ihr Buch unter die Jacken.

Draußen der nicht abreißen wollende Besucherstrom. Jetzt ist Rushhour. Auch die Letzten haben ihren Hintern hochgekriegt und wollen teilhaben an der Masse. Es wird geschoben und gestoßen. Wir verlieren uns da. Der Junge ist verzweifelt.

Nein, keine Sorge, wir nehmen das Menschentaxi. »Halt dich an meinem Gürtel fest, ich umhülle dich mit meinem Mantel.« Und zu zweit springen sie in den Strom, werden fortgerissen, trudeln umher, wie Treibgut. Jetzt geht plötzlich alles schneller. Wie kurz vorm Wasserfall. Wahrscheinlich gleich Ladenschluss. Da der Infopoint. Er streckt die Hand aus, hält sich an einem Griff fest. Absprung. Geschafft!

»Guten Tag.« »Ja, das ist unser Sohn. Gott sei Dank, wo warst du denn? Vielen, vielen Dank.«

»Ruf mich an Kleiner, wenn du Hilfe brauchst. Und Grüße an den schwarzen Ritter.«

Der Schwarm nimmt ihn wieder auf. Er taucht ab. Vertraut auf die Masse. Sieht das Schild für Ausgang. Hand raus. Festhalten. Rausziehen. Das geht immer leichter. Geschafft. Draußen. Er schnappt nach Luft. Sieht eine Bank und setzt sich. Atmet tief durch.

Er ist erschöpft. Er fühlt sich plötzlich einsam und bemerkt, wie Tränen auf seine Hose tropfen. Er denkt an den schwarzen Ritter. Und an seine Rettung.

68

Der laue Lenz

Hallo, ich bin der laue Lenz. Die Zeiten, als ich noch zum arbeitsscheuen Gesinde gehörte, liegen lange hinter mir. Denn das, was ich nicht tue, ist in Wirklichkeit eine Kunst. Die, das darf ich durchaus mit Stolz sagen, im Vordringen begriffen ist. Doch immer schön der Reihe nach. Es begann damit, dass ich mich mit der Frage beschäftigte, ob ich denn wohl mal langsam eine Visitenkarte bräuchte. Um es kurz zu machen: ich brauchte. Darauf stand dann: Lothar Lenz, Entrepreneur des schieren Daseins.

Damit ging ich ein- und aus, wo immer ich wollte. Und reinkam. Dort berichtete ich dann über das Leben und schrieb hinterher alles auf. Mit der Zeit kam dann ein Satz zum anderen und ich entdeckte für mich das Spezialgebiet Müßiggang. Zwischenzeitlich betrieb ich einen Blog unter dem Namen »Der Flaneur«. Französisch gilt immer noch als Sprache der Avantgarde. Und das machte ich mir natürlich zunutze. Denn mal ehrlich, letztlich geht es im Leben, also dem guten Leben, immer nur um Marketing. Egal. Ich wurde also immer bekannter, zumal ich auch in den Sozialen Netzwerken immer mehr vertreten war. Das kam vor allem daher, dass ich zunehmend Zitate von Menschen wie mir gesammelt und gepostet hatte. Keine große Sache in der Herstellung (findet man ja im Netz), aber in der Wirkung. Schnell erkannte ich, dass der arbeitende Mensch dem anderen arbeitenden Menschen nichts lieber schickt als Mitteilungen aus dem süßen Land des Nichtstuns. Posts wie »Bald ist Wochenende« oder »Heute ist Bergfest« oder gar »Das schlimmste an der Woche sind die Montage bis Freitage, der Rest geht« erfreuten sich zunehmender Beliebtheit. Bald hatte ich ein ganzes Kompendium zusammengestellt und brachte es als Buch heraus. Wobei ich bei all der vielen Sammelei immer darauf achtete, dass es leicht war und locker ging. Aus dem Buch schuf ich Postkarten. Lief alles locker und gut.

Dann geschah das, was ich im Nachhinein den Übergang nenne. Denn plötzlich kamen Anfragen. Schon früher berichtete ich ja gerne über das, was ich nicht tue. Aber jetzt, jetzt kamen große Unternehmen auf mich zu und baten mich, über mein Spezialgebiet zu berichten. Was ich gerne tat. Und worauf ich mich zu meiner großen Freude auch nicht vorzubereiten brauchte. Ich stand ab da immer häufiger auf den Bühnen von Unternehmen dieser Welt und berichtete übers Nichtstun. Sehr erfolgreich übrigens.

Mit der Zeit stellte ich fest, dass dies doch alles arg in Arbeit ausartete. Also meinem wahren Lebenssinn nicht entsprach. Deshalb stellte ich Menschen an, die statt meiner durch die Lande zogen und die Frohe Botschaft verkündeten. Nach kurzer Zeit kündigte ich ihnen und gab ihnen die wunderbare Chance, Franchisenehmer bei mir zu werden. Die meisten griffen beherzt zu und wurden sehr erfolgreich. Ein Jahr später verkaufte ich den Laden für richtig viel Kohle.

Jetzt bin ich wieder am Anfang. Mein Name ist der laue Lenz und ich widme mich dem Müßiggang. Mit aller Kraft.

69

Ein Unglück kommt gern zu zweit

Sie hat im Laufe ihrer Ehe festgestellt, dass er nicht der richtige für sie war. Da sie an Scheidung nicht in ihren kühnsten Träumen dachte, hatte sie die Idee, ihn ganz einfach zu vergiften. Sie wusste, dass sie das Rad nicht neu erfinden musste, denn es war ja schon da. Also besorgte sie sich eine bewährte Anleitung zum Vergiften und mischte jeden Tag immer etwas von dem Gift in sein Essen. Wie das dann im Einzelnen vor sich ging, also Dosis und die leidlichen Magenschmerzen, dass weiß ich alles nicht. Jedenfalls im Endeffekt klappte es ganz prächtig und sie war kurz davor, ein Problem weniger zu haben.

Was sie nun nicht wusste, denn die Eheleute führten keine ehrlichen Gespräche miteinander, auch er war zu der Einsicht gekommen, dass sie nicht die richtige für ihn war. Auch er verwarf den Scheidungsgedanken, wählte aber kein Gift, sondern ganz Mann, die Flinte. In der Vergangenheit hatte er diese schon so manches Mal – für diesen Kalauer muss hier Platz sein – ins Korn werfen wollen. Doch was sollte die Flinte da? Er beschloss, seine Ehefrau einfach und möglichst klassisch zu erschießen.

Gesagt, getan. Sie machten an einem schönen Tag einen schönen Ausflug ins Grüne und er nahm die Flinte mit. Um einen Hasen zu erlegen, wie er findig vorgab. Tatsächlich hatte er sie früher Häschen genannt. Und als Häschen ein paar Schritte vor ihm ging, sagte er »Häschen, guck mal!« und als Häschen guckte, schoss er ihr den Kopf weg.

Allerdings blieb ihm nicht viel Zeit für Eigenlob. Denn schon morgens klagte er über Magenkrämpfe. Diese nahmen nun dummerweise zu. Ich will es an dieser Stelle nicht lange spannend machen. Die Schmerzen wurden so schlimm, dass er noch an Ort und Stelle jämmerlich verreckte.

Was war das nur für ein Bild? Sie völlig kopflos und er schmerzgebeugt über sie liegend. Die Zeitungen sprachen von einer menschlichen Tragödie. Von einem versehentlichen Fehlschuss und einem anschließenden Herzversagen. Noch am Grabe lobte der Geistliche das heilige Sakrament der Ehe. Und die Kegelbrüder und -schwestern ließen sie beim nächsten Treffen mehrfach hochleben.

Ein schöner Schluss. Für alle Hinterbliebenen.

70

Cord

Guten Tag. Mein Name ist Cord. Meine Eltern haben das so gewollt. Sie sagten bei meiner Geburt zur Schwester: »Das ist Cord. Er wird einmal Cordhosen tragen«. Und so geschah es. Am Anfang ertrug ich den Cord mit viel Fassung und meinen Eltern zu Liebe. Nach all den Jahren habe ich mich daran aber gewöhnt. Jetzt gehört Cord zu meiner Welt. Ich trage Cordhosen und Cordsakkos. Ich habe zu Hause nur Cordsessel und Stühle mit Cordbezug. Auch mein Bett ist eine Cordausklapppliege. Meine Frau, die ich vor einem Jahr kennenlernte, heißt selbstverständlich Cordula. Etwas Anderes wäre mir auch nicht in mein Cordhaus gekommen. Wir heirateten selbstverständlich in Cord. Sie trug ein Cordkleid. Ich fahre einen amerikanischen Cord und esse am liebsten Cordon bleu. Meine Lieblingsmusik kommt von Costa Cordalis. Manche Menschen sagen, ich sei einseitig. Ich sage dann, ich bin Cord. So ist auch das geklärt.

71

Hermann oder
The Incredible Hairman

Lass es leben / Gott hat's Dir gegeben / Dein Haar …
aus: Haare (dt. Fassung des Musicals Hair)

Eines schönen Wochentages saß ich in meinem Lieblingscafé und dachte angestrengt über die Frage »Tee oder Kaffee« nach, als ein junges Fräulein an meinem Nebentisch Platz nahm. Sie war, wie man es früher in Poesiealbumsprüchen dem weiblichen Geschlecht andichten wollte, wie eine Rose – sittsam und bescheiden. Eine Frau also, die noch erröten konnte.

Ganz offensichtlich wartete sie auf ihren Freier, äh, ich meine natürlich, den Einzigen, der sie eines Tages freien würde. Sie schien ob dieses Treffens ein wenig nervös zu sein, was ich an ihrem gelegentlichen Hüsteln zu erkennen glaubte. Ja, sie haben recht. Ich bin ein ganz guter Beobachter.

Es dauerte dann eine gute Viertelstunde, bis ein Mann, Ende Dreißig, das Café betrat. Offensichtlich der ersehnte Ritter himself. Und tatsächlich. Sie winkte ihm artig und behände zu, woraufhin er sein wunderschönes Lächeln und seine strahlendweißen Zähne aufblitzen ließ. *Gute Pflege, Herr Doktor*, dachte ich.

Er überreichte ihr – natürlich – eine rote Rose, woraufhin sie – natürlich – errötete. Sie bedankte sich artig und mit viel Liebreiz, nicht ohne schamhaft die Augen leicht zu senken. Dann bestellte man, aß und trank gut und gepflegt, führte eine nette Konversation – eine schöne Situation, so schön, als hätte sie sich jemand ausgedacht.

Nun bin ich ja eher der ruhigere Typ, der Schweiger im Walde, der nur der Natur und nicht der Gespräche anderer lauscht. Doch diesmal standen die Tische so nah beieinander, dass es schier unmöglich war, selbst nur gehauchte Worte nicht zu verstehen. Das war mir anfangs ein wenig peinlich, aber Peinlichkeit schwindet rasch, wenn's länger dauert.

Er hieß Hermann und sie irgendetwas mit »a« am Ende – Monika, Petra, Angela, egal, sie war eh' nicht so ganz mein Typ. Wie vermutet unterhielten sie sich über Dinge, die die Welt nicht braucht und Themen, die eher im nichtphilosophischen Bereich beheimatet sind. Und so wäre ich ob des nebentischlichen Gebrabbels fast auch schon eingeschlafen, wenn nicht, ja, wenn nicht das Wort »Haarkur« mich jäh aus meinem Dämmerleben herausgerissen hätte.

Hermann klagte ihr nämlich über sein lichtes und lichter werdendes Haar. Und ehe Monika-Petra-oder-so Worte des Mitgefühls und des Bedauerns äußern konnte, erzählte er strahlend von einer neuen Haarkur.

Einer, die wirklich hilft, mit viel Protein, Vitamin, Koffein und Extrakten aus Gorillahoden. Leider hatte ich mich nicht verhört. Wieder mal ein Geschlechtsgenosse, der sich ganz öffentlich und ungeniert zum Affen machte. Und ich hatte keine Banane dabei.

Er sprach über dieses Thema noch weiter, ersichtlich von sich selbst euphorisiert, und erzählte, dass ihm diese Haarkur so guttue, wie selten etwas in seinem Leben zuvor. Worauf sie zunächst etwas sparsam guckte, dann aber doch lächeln musste, als er von einem kleinen Malör berichtete. Er hatte sich wohl die Werbung von Duschgels und Deodorants zu genau angeschaut und verinnerlicht. Jedenfalls hatte er sich aus Versehen, wie er versicherte, das komplette Haartonikum über den ganzen Körper gegossen. Und weil er sich noch schnell ein neues »holen« musste, sei er auch zu spät gekommen. Sie nickte und verzieh ihm.

Na jedenfalls juckte ihm nun ob der Komplettbehandlung sein Fell, will sagen, ihm war nicht so ganz gut, körperlich gesehen, was er sich aber nicht anmerken ließ. Wenn schon ein Affe, dann wenigstens einer von der tapferen Sorte. Und so vertiefte ich mich jetzt wieder in die Getränkefrage, als ich plötzlich ein leises »Huch« vom Nebentisch vernahm und feststellte, dass sie von ihm ein wenig abgerückt war und die Hand vor den Mund hielt.

Er wirkte etwas verwundert und fasste sich dann auf sein lichtes Haupt. Allein, es war nicht mehr licht, sondern auf einmal voll und kräftig. An sich ein gutes Ergebnis. Nur setzte gleichzeitig ein starker Bartwuchs ein und die plötzlich deutlich erkennbaren Augenbrauen, Modell bajuwarischer Ex-Minister, verliehen seinem Gesicht etwas ungewohnt Männliches, ja beinah Wildes. Wortlos und tapfer hielt sie ihm ihren Taschenspiegel hin und auch er erschrak. So viel Ergebnis hatte er augenscheinlich weder erwartet noch gewollt.

Das war erst der Anfang. Der Haarwuchs setzte sozusagen körperweit ein. Deutlich sichtbar schwoll seine Brust, aber nicht vor Stolz, sondern weil sein Haar auch hier mit voller Macht ans Licht drängte. Erst gab es nur kleine Härchen, die beinahe verspielt aus Kragen, Manschetten und Knopfbereich drängten. Doch dann schoss die Haarlichkeit ohne Widerstand hervor, so ungestüm und wild, dass es ihm erst das schöne Hemd zerbarst und dann auch die Bundfaltenhose zerfetzte. Oh mein Gott, Haare, wohin das Auge blickte und je mehr und je kräftiger es den Körper eroberte, desto mehr nahm es die Gestalt von riesigen haarigen Tentakeln an, die nach allem griffen, was sich in der Nähe befand.

Längst stand Hermann nicht mehr auf seinen Beinen, sondern auf so etwas wie Haarstelzen und wurde dadurch größer und größer. Und das ungeheuerliche Haarungetüm schnappte sich einen Kaffee nach dem anderen und schüttete es in sich unter lautem Schlürfen und Schmatzen hinein. Jetzt griff es nach allem Essbaren, wie Kuchen, Eis, Salat, Baguettes, Pizzen und Fleischspießen.

Und schon musste ein Mensch daran glauben.

Unerbittlich fasste das Haarmonster, das kaum noch Ähnlichkeit mit Hermann hatte, nach dem ersten Kellner, einer von der alten Schule, einer, der nicht mehr schnell genug war und verschlang ihn mit Haut und Haaren, dass es nur so krachte und spritzte. Splatter live. Die Gäste schrien und versuchten aus dem Café zu fliehen. Doch das Haarmonster schien mit jedem Snack zu wachsen und versperrte den Ausgang. Schon griff es nach dem Fräulein, der Ex-Freundin musste man nun wohl sagen. Doch ich hatte so etwas schon geahnt, ergriff sie und zog sie blitzschnell aus der Gefahrenzone.

Vorerst. Denn jetzt hatte Ex-Hermann mich im Visier und schlug mit seinen Haarteilen nach mir. Ich konnte gerade noch ausweichen und sah, wie der Tisch neben mir krachend in Einzelteile zerfiel. *Das könnte ihre Zukunft sein*, dachte ich und suchte fieberhaft nach einem Ausweg. Schon grabschte sich Hairman, wie ich ihn nun intern nannte, eine andere Frau und auch sie verschwand, dem Kellner folgend, kreischend im haarigen Schlund ohne Chance auf Wiederkehr. Was tun gegen so viel Übermacht? Waren wir alle verloren?

Mir fiel die Handtasche der gerade Dahingerafften ins Auge. Ich ergriff sie und suchte nach einer Waffe. Erstaunlich, was in so einer Handtasche alles drin ist. Doch jetzt ging es um Leben und Tod und nicht um Ordnung in weiblichen Handgepäckstücken. Ich stieß auf einen metallenen Gegenstand: eine Haarspraydose. Und ich wäre nicht ich und ein Fan von Indiana Jones, wenn ich nicht das kleine Teelicht vom Tisch

111

genommen, die Dose aktiviert und die nun entstandene Feuerwaffe gegen das Monster gerichtet hätte. Aus allen Haarwurzeln quietschend wich es zurück.

Nun war allerdings nicht die Zeit der Rücksichtnahme, des wertschätzenden Gesprächs, des empathischen Hineinfühlens in das Gegenüber. Nein, jetzt ging's ums Ganze. Mensch oder Monster? Leben oder Tod? Ich entschied mich für das Erstere und rannte mit dem selbstgebastelten Flammenschwert in die haarige Bestie hinein. Das Scheusal war sofort Feuer und Flamme, brannte lichterloh und schrie, dass es einem durch Mark und Bein fuhr. Heulend wankte das flammende Etwas durch den Raum, ging noch zwei, drei Schritte und fiel dann krachend auf den Boden. Es brannte vollständig nieder und hinterließ nichts außer Asche und einem beißenden, stechenden Geruch. Ich öffnete schnell Fenster und Türen und ließ alle Überlebenden in die Freiheit.

Es war vorbei und die inzwischen eingetroffene Polizei konnte nur noch Berichte schreiben und die Überreste fotografieren. Erleichtert atmete ich tief durch und setzte mich auf einen Stuhl.

Das Fräulein kam zu mir, bedankte sich artig für die Lebensrettung und versicherte, dass das mit dem Verlust von Hermann nicht so schlimm sei. Sie hätten sich erst seit Kurzem gekannt und er hätte nach ihrem Hinweis auf seine beginnende Glatze einfach überreagiert. Und sie gab mir ihre Karte und meinte, ich könnte sie ja mal anrufen. Wegen Kino oder Theater oder einfach mal so zum Reden.

Stumm nahm ich die Karte entgegen. Als das Fräulein dann zwischen den Menschen verschwand, nahm ich das Papier und zerbröselte das unverhoffte Angebot in kleine Schnitzelchen. Na klar. Hermann hatte einen Fehler gemacht. Er wollte ihr gefallen und schoss über das Ziel hinaus. Ob Dummheit oder Übermut, egal. Ich wollte nicht der nächste sein, der in die Haarfalle tappt. Mag sein, dass der Mann vom Affen abstammt und sich auch manchmal so benimmt. Aber so viel Anstand und Solidarität unter Männern muss trotz alledem sein. Wir müssen uns unsere Wildheit erhalten, wollen wir nicht im Prozess der Zivilisation androgyn geschleift werden. Und das Haar ist unser Symbol. Lass es leben, Gott hat's Dir gegeben, Dein Haar.

72

Fernweh

Als ich im Fernsehen einen Seemann sah, bekam ich ohne Vorwarnung Appetit auf ein Fischbrötchen. Als ich das Fischbrötchen aß, bekam ich Sehnsucht nach einer Meerjungfrau. Mit der Meerjungfrau im Arm, dachte ich, ich sollte mal was gegen meine Schuppen tun. Im Schuppen dachte ich, ich könnte mal wieder Radfahren. Beim Radfahren dachte ich, ich sollte mich im Job nicht mehr so verbiegen und endlich authentisch sein. Als das gelang, kündigte ich und fuhr mit Seemann und Meerjungfrau in die Ferne. Dort lebe ich noch heute.

73

Urlaub

Neulich war ich in Gedanken. Das war auch sehr schön.

74

Die kleine Frau

Über den kleinen Mann gibt es unzählige Geschichten. Häufig kommt er dabei viel zu kurz weg. Aber Geschichten über die kleine Frau? Pustekuchen. Gibt's nicht. Lange habe ich überlegt, woran das wohl liegt. Ich glaube, es liegt daran, dass der kleine Mann immer meckert. Am bekanntesten ist dabei sein Spruch »Mit mir kann man's ja machen«, was dann auch noch meistens stimmt. Und die kleine Frau? Weiß man nicht. Ich glaube, sie hat ihr Schicksal immer klaglos ertragen. Und ist deshalb sang- und klanglos in der Geschichte untergegangen. Wie auch jetzt in dieser Geschichte. ENDE.

75

Neulich

Neulich traf ich einen Mann. Er war es nicht würdig, dass ich mich mit ihm unterhalte. Ich habe ihn erschossen.

Neulich war ich mal wieder im Theater. Die Besucher benahmen sich wie Schauspieler, die Besucher spielten, die ins Theater gingen. Die Schauspieler applaudierten. Ich bekam mein Geld zurück.

Neulich fuhr ich Auto. Ich fuhr allein. Meine Kinder hatte ich vorher überfahren. Weil sie mich überfahren hatten mit neuen Weihnachtsgeschenkewünschen. Ich wünschte mir eine gute Fahrt.

Neulich traf ich eine Veganerin. Sie hatte fleischliche Gelüste. Ich lehnte höflich ab. Du sollst deiner Religion nicht untreu sein, gab ich als Begründung an. Sie welkte dahin. Das hatte ich so auch nicht gewollt.

Neulich traf ich alte Bekannte wieder. Sie waren wie Seifenblasen. Kaum wollte ich ihnen näherkommen, zerplatzten sie. Nur der schale Geruch von Spüli hing in der Luft.

Neulich stand in der Fußgängerzone ein Kind, das hatte es allen Passanten angetan. Sie zerflossen vor Rührung und verschmolzen zusammen. Ein bunter

Strom. Die Stadtreinigung spülte am nächsten Tag die Reste weg. Von dem Kind fehlt jede Spur.

Neulich entdeckte ich in meinem Zimmer Spinnenweben an der Decke. Jedoch entdeckte ich keine Spinne. »Wer hatte dann gewebt?«, fragte ich mich. Es blieb das, was es in Wirklichkeit war – ein Mysterium.

76

Schöne Tage im Klischee

(Drabble)

Ja, der Urlaub. Alles sehr schön. Der Flug. Einwandfrei. So kurz und ganz billig. Das Hotel, ein Gedicht. Und die Aussicht. Sehr, sehr schön. Auch der Service. Viel Komfort für den Preis. Da kann man nicht meckern. Die Gegend. Schön abwechslungsreich. Und so sicher. Die Einheimischen. Sehr gut erzogen. Einige haben mal bei uns gearbeitet und konnten noch etwas Deutsch. Sehr schön. Und das Wetter erst. Sonne ohne Ende. Auch nachts. Wunderschön. Und dieses Labyrinth der Straßen. Wundervoll. Meine Frau war dann weg. Auch sehr schön. Ich musste ja zurück, sie ist wohl dageblieben. Verlebt sicher schöne Tage. Einfach herrlich.

77

Im Land der Regenwürmer

(Drabble)

Eine häufige Begleitung von Dauerregen sind neben nassen Straßen, nassen Wiesen und vom Regen durchgeweichte nasse Schuhe die Regenwürmer. Ich habe sie in mein Herz geschlossen, als ich als kleiner Bub die Entdeckung machte, dass man mehr Regenwürmer bekommt, wenn man sie teilt. Geteiltes Leid, doppelte Freude, so sagt man. Seitdem habe ich immer wieder gerne Regenwürmer zu Hause. Häufig wohnen sie bei mir in riesigen Glasgefäßen, die ich mit viel Erde gefüllt habe. Ich kann sie dann ganz gut beobachten und so nach und nach ihre Sprache lernen. Sie wissen, ich bin ihr Freund. Als ich einmal auf dem Nachhauseweg hinterrücks erschlagen wurde, wegen einigen mickrigen Euro, da vergruben mich die Täter in frischer Erde («Verdeckungsabsicht» im Sinne des § 211 Absatz 2 Strafgesetzbuch). Jetzt lebe ich hier unten und bin von meinen Freunden, den Regenwürmern, umgeben. Gut, dass ich ihre Sprache gelernt und ihre Gewohnheiten erkundet habe. Die Integration in einem neuen Land fällt nämlich umso leichter, wenn man Sprache sowie Sitten und Gebräuche der neuen Heimat kennt.

78

Tarot-Weltmeisterschaft

(Drabble)

In der Schweiz, genauer gesagt in Kesswil, dem Geburtsort des Archetypenfreundes und Psychologen Carl Gustav Jung beginnt heute die erste Tarot-Weltmeisterschaft. Von nah und fern sind Menschen aus aller Herren Länder angereist, um sich in ihrer Passion zu messen. Gestattet ist heuer nur das leicht ägyptisierende Tarot-Deck des Magiers Aleister Crowley und Lady Frieda Harris. Im nächsten Jahr wird dann das Rider-Waite-Tarot von 1910 zur Anwendung gelangen. Regeln: Jeder legt jedem die Karten. Gewonnen hat, wer sich am meisten Gedanken gemacht hat. Dem Gewinner winkt eine Simultandeutung seiner Zukunft. Halten muss er sich daran aber nicht.

79

Finally Goldfish oder Vom Glück, ein Goldfisch zu sein

Ich habe in meinem Leben schon viele Stadien durchgemacht und freue mich jetzt, ein Goldfisch zu sein. Letzte Woche wurde ich verkauft. Ich kam in einen mit Wasser gefüllten Plastikbeutel und wurde mit dem Auto in mein neues Heim transportiert. Dort wurde ich in eines dieser typischen Goldfischgläser gesteckt, wie man es aus alten gezeichneten Witzen kennt. Mein neuer Besitzer war ein älterer Mann. Er fütterte mich regelmäßig. Mir ging es gut.

Den ganzen lieben langen Tag ging ich meinen drei wesentlichen Tätigkeiten nach: Schwimmen, glotzen und Nahrungsaufnahme. Ich atmete durch meine Kiemen. Nur so, falls das jetzt keiner wissen sollte. Ich hatte eigentlich nur zwei Feinde: Das langweilige Vorabendprogramm und die Katze meines Besitzers, die auf den Namen Azrael hörte. Während das Fernsehprogramm immer wieder etwas war, was ich schlichtweg auszuhalten hatte, gestaltete sich das Verhältnis zu Azrael deutlich schwieriger.

Nicht nur, dass sie immer wieder um die Kommode schlich, auf der mein Glas und ich standen. Nein, hin und wieder wagte sie den Sprung auf die Kommode neben das Glas und fischte mit ihrer Tatze nach mir. Der alte Herr bekam das Gott-sei-dank zumeist mit und verwarnte das blöde Viech. Doch die Katze ließ das Mausern nicht und versuchte es immer wieder.

Einmal war es so knapp, dass das Fellvieh mich schon in der Pfote hatte und nur ein herrisch gebrülltes »Azrael« sie davon abhielt, mich zu Katzenfutter zu machen. Ich schwitzte und hätte fast einen Herzinfarkt bekommen, so nahm mich die Katzenattacke mit. Und da denkt man so leichthin, dass das Goldfischdasein eigentlich ein ganz Ruhiges sei. Ist es aber nicht, wenn eine Katze im Hause lebt.

Dummerweise konnte ich das Problem in meiner Gestalt als Goldfisch nicht lösen und so hatte ich manch unruhige Nacht und auch die Tage waren mitunter nicht besser. Bis eines Tages es auf einmal sehr ruhig im Haus war, verdächtig ruhig sogar. Ich rechnete jeden Moment mit einem Katzenangriff, als plötzlich der alte Herr an der Terrassentür stand und »Azrael, was ist denn?« rief. Da Azrael nicht zu antworten schien, ging der Herr in den Garten und kam einige Minuten später mit einem leblosen Katzenkörper wieder. Wie sich alsbald herausstellte, hatte Azrael von etwas genascht, was Rattengift hieß und ihm ganz offensichtlich nicht gut bekam. Einen Tag später war Beerdigung im Garten, an denen auch die beiden Söhne des älteren Herrn sowieso seine zwei Enkel teilnahmen.

Seitdem war zunächst einmal Ruhe im Haus, denn der alte Herr hatte sich keine Katze wiedergekauft, was ich für eine gute Entscheidung hielt. Und so konnte ich einige Zeit im Glas meine Runden drehen und mich entweder über das miese Vorabendprogramm aufregen oder über Dies und Das philosophieren, was ich recht häufig tat. Immer wieder dachte ich zum Beispiel über Kants Kategorischen Imperativ nach oder seinen Aufsatz »Was ist Aufklärung?« aus dem Jahre 1784. Es war eine Zeit entspannter und reflektierender Besinnlichkeit.

Eines Tages starb der alte Herr. Seine Zeit war gekommen. Denn das Leben hat seine Zeit und der Tod auch. Einer seiner Söhne namens Michael nahm mich bei sich auf. Er lebte mit Frau und Sohn im Vorort der Stadt. Wenn überhaupt schalteten sie den Fernseher erst nach 20 Uhr an, eine Angewohnheit, die ich gutheißen konnte. Da es auch keinen größeren Stress mit Katzen und dem Sohnemann gab – er hatte andere Interessen – verlebte ich eine Weile auch hier in kontemplativer Art und Weise, bevor es mich in einer anderen Gestalt weitertrieb. Doch darüber soll ein anderes Mal berichtet werden.

80

Remote Control

Schon als ich geboren wurde, hatte ich das Gefühl von Fernsteuerung. Das verstärkte sich, als mein Vater immer dann, wenn ich nach ihm schaute, ein Gerät hinter seinem Rücken verbarg. Es war dasselbe Gerät, dass sechs Jahre später mein Geige spielender Klassenlehrer hinter seinem Rücken versteckte. Und mein erster Chef weitere vierzehn Jahre später. Das Gerät wurde ab da reihum gereicht. Zwischenzeitlich besaß es meine Frau, Kollegen, sogenannte beste Freunde, die Regierung, das Finanzamt und mein Buchhändler. Als ich es neulich einmal selbst haben wollte, hieß die Antwort »Geht nicht, kaputt«. Seitdem schaue ich mich immer wieder einmal verstohlen um, wer in meiner Nähe es haben könnte. Eines Tages, da bin ich mir sicher, werde ich die Fernsteuerung mein Eigen nennen. Auch wenn es erst als Grabbeigabe sein sollte.

81

Raus gucken

Wenn ich an manchen Tagen aus dem Fenster schaue, dann sehe ich viele Menschen vorbeischwimmen. Manche sitzen auch in Busbooten auf dem Weg zur Arbeit. Dann freue ich mich, dass ich auf dem Trockenen sitze. Da bin ich aber einer von sehr wenigen, dem das so geht.

82

Allein

Ich mache, was ich will. Außer Kopfstand, den kann ich nicht. Und Schlagzeug spielen, das kann ich nämlich auch nicht. Aber ansonsten gibt es jede Menge Sachen, die ich kann. Allerdings will ich vieles davon auch gar nicht machen. Ich mache mir eine Tiefkühlpizza im Ofen warm. Allein.

83

Der Fischer

Neulich fischte ich im Trüben. Trotzdem ging mir einiges ins Netz. Darunter sehr viele, die im Trüben bleiben wollten. Die habe ich alle wieder zurückgeworfen. Niemals angele ich jemanden gegen seinen Willen. Wenn das doch alle Petrusse so machen würden.

84

Laub blasen

Neulich im Herbst traf ich beim Gang durch die Straßen dieser Stadt viele Laubbläser. Sie lagen auf den Bürgersteigen, das Gesäß leicht angehoben, und bliesen das Laub, dass es nur so durch die Luft wirbelte. Ganze Nachbarschaften und manch frisch gegründete Bürgerwehr beteiligte sich an diesem munteren Treiben und es wurde viel Laub, aber auch viel Staub aufgewirbelt. Das wurde aber auch mal Zeit, dachte ich. Endlich tut sich was! Gegen den Novemberblues.

85

Rückweg

Ich würde gerne mal öfter wohin gehen. Wenn es doch nur nicht immer diese Rückwege gäbe. Ich hasse Rückwege. Viel lieber gehe ich nach vorne. Aber eben nicht zurück. Also muss ich zu Hause bleiben. Das ist auch keine Lösung. Aber konsequent.

86

Wasser ist gesund

Manchmal trinke ich so viel Wasser, das ich ganz rund bin. Dann kann ich kaum noch laufen. Rollen geht aber. Nur das rechtzeitige Anhalten an Ampeln bereitet mir hier und dort Probleme. Deshalb rufe ich hin und wieder die Polizei an, meinen Freund, der mir beim Rollen hilft. Am Abend muss ich dann immer Wasser lassen. Dann ist Schluss mit Rollen. Dafür geht das Laufen wieder. Die Polizei kann dann nach Hause gehen. So fallen weniger Überstunden an.

87

Schlösser

Gut, dass ich neuerdings in einem Eisenwarengeschäft in der Innenstadt arbeite. So kann ich die vielen Schlösser zum Einkaufspreis erwerben. Nachmittags dann, wenn alle zu Hause in ihren Wohnungen sind, ziehe ich hinaus in die weite Welt dieser Stadt und bringe überall Schlösser an. Zuerst an Fahrrädern, Rollstühlen und Rollatoren.

Dann an Türen von Häusern in der Altstadt, später dann auch in der Neustadt. Überhaupt versehe ich alle Ein- und Ausgänge mit Schlössern, wo immer es geht. Das tue ich für die Menschen. Damit sie nicht mehr wegmüssen. Und sich auf sich selbst besinnen können. Mit all diesen Schlössern muss nun niemand mehr wohin. Für viele eine gute Ausrede. Für andere eine Erklärung. Jemand sagte einmal, dass das Unglück der Menschen darin bestehe, dass niemand mehr auf einem Stuhl im Raum still sitzen könne. Ich gebe den Menschen nun dazu die Gelegenheit. Ein kleines Schloss zum Glück.

88

Gruppentherapie

Jeden Mittwoch pünktlich um 15:00 Uhr mitteleuropäischer Zeit muss ich zur Gruppentherapie. Gut, dass ich da nicht alleine bin. Manchmal komme ich zu spät, die anderen warten dann auf mich. »Wir fangen erst an, wenn alle da sind«, sagt die Therapeutin immer. Einmal hatte ich den Termin fast vergessen. Da saßen die anderen gut drei Stunden und warteten. Auch das fördert den Therapieerfolg. Meistens bilden wir einen Stuhlkreis und warten, bis einer was sagt. Manchmal sagt keiner was. Dann geht die Stunde schweigend rum. Auch das ist gut für den Therapieerfolg, sagt die Therapeutin dann. Wir glauben ihr.

Es kommt vor, dass dann doch einer spricht. Meistens hört aber keiner zu. Immer sind wir mit den Gedanken ganz woanders. Das ist dann nicht so gut für den Therapieerfolg. Aber was willste machen. Das eine willste, das andere kannste. Ich kann zum Beispiel gar nicht gut zuhören. Einmal sagte die Therapeutin, ich müsste daran arbeiten. Habe ich auch gemacht. Ich hörte ihr zu. Allerdings sagt sie meistens nichts. Was ganz gut ist. Auch für den Therapieerfolg. Ich glaube, die Therapeutin saß hier früher auch schon. Jetzt hat sie einfach nur die Seite gewechselt. Vielleicht werden wir später alle einmal Therapeuten. Schweigen geht schon ganz gut. Und mehr brauchen wir hier auch nicht. Bei der Gruppentherapie.

89

Astralreise

Ich schicke meine Seele auf eine lange Astralreise, bleibe aber mit dem Körper zu Hause. So schlage ich zwei Fliegen mit einer Klappe. Die eine Fliege reist gerne in der Gegend rum auf der Suche nach dem Abenteuer und die andere Fliege sitzt lieber zu Hause vor dem Fernseher und übt sich in Binge-Watching. Ab und an treffen sich die beiden mal hier oder dort, um sich auszutauschen. Dann wird die Astralreise unterbrochen und wir sind wieder eine Einheit.

90

Gewaltfantasien

Nein, ich habe keine Gewaltfantasien. Denn ich bin die Ruhe selbst. Mich regt nichts auf, mir kann keine Fliege was zuleide tun. Ich habe mich im Griff. Ich weiß, was sich gehört. Was von mir erwartet wird. Ich flippe nicht aus. Weder in vollen Bussen, noch in vollen Stadien, noch beim Sommerschlussverkauf. Ich kann nämlich gut ein- und ausatmen. Das beruhigt so manche Situation. Wie der Unfall neulich, als mich jemand auf dem Markt anrempelte. Oder die Sache mit der Tüte voller Obst, die jemand im Supermarkt plötzlich vor mir und meine Füße fallen ließ. Einfach so. Da bleibe ich tiefenentspannt. Auch meine Fäuste. Und das Messer in der Tasche. Da sage ich dann zu mir, das kann passieren. Darf nicht, aber kann.

Die anderen Schüler auf dem Schulhof lachen über mich. Direkt vor meinen Augen. Sollen sie doch. Da stehe ich drüber. Ich muss mich nicht wehren. Das habe ich nicht nötig. Auch nicht, als der andere mich einen miesen Versager nannte. Da war ich die Ruhe selbst. Wie der dann plötzlich auf dem Boden lag und sich die Hand vor seinen Bauch hielt, dass weiß ich nicht. Ich vermute, er hat etwas Schlechtes gegessen. Dass er tot ist, tut mir leid, Herr Wachtmeister. Er hat mich schwer beleidigt. Doch glauben sie mir. Ich bin nicht gewalttätig. Ich habe nicht einmal Gewaltfantasien.

91

Frau in Café

Die Frau im Café, die jetzt missmutig ihren Rucksack in den Sessel fallen lässt und sich nicht umsieht, ist mit irgendetwas beschäftigt, dass ihr keine Freude macht. Vielleicht ist ihr Freund fremdgegangen oder ihr Freund, den sie wegen einer eigenen Liebschaft loswerden wollte, will partout nicht fremdgehen und sie hasst abrupte Abschiede. Bei Frauen hängt ja vieles an der Beziehung. Nicht wie bei mir, den ja eher Sachthemen aufregen. Ungerechtigkeit zum Beispiel. Oder fehlender Weltfrieden.

Ich kippe der Frau beherzt einen Milchkaffee auf Pullover und Hose. Sie regt sich auf. Endlich ein handfester Grund. Schön, dass ich helfen konnte.

92

Ghosting

Für Menschen wie mich, die sich nicht von anderen verabschieden können, ist das Ghosting eine tolle Erfindung. Einfach Account löschen und schon bist du aus dem Netz verschwunden. Und alle deine Freunde auf ganz einfache Art und Weise los. Im wirklichen Leben, dem »real life«, bereitet das allerdings noch vielen große Schwierigkeiten. Da ich gerne anderen helfe, habe ich mich darauf spezialisiert, andere Menschen beim »Real-Life-Ghosting«© zu unterstützen. Ich löse für sie mehr als nur den Account auf. Ich lasse sie für ihre Freunde ganz verschwinden. Und mit meiner fundierten Ausbildung gelingt alles absolut perfekt. Denn ich bin ein Auftragskiller.

93

Die Japanerin

(Drabble)

Jeden Tag, wenn ich an den riesigen Fenstern der hiesigen Bibliothek vorbeikomme, sitzt dort eine junge Japanerin, die emsig in die Tasten ihres Laptops tippt. Ich gehe jedenfalls still vor mich hin schweigend davon aus, dass es immer dieselbe Japanerin ist. Für mich sehen alle Asiaten – ist es überhaupt eine Japanerin? – gleich aus. Und wenn ich es jetzt recht bedenke, was weiß ich eigentlich schon von anderen Kulturen? Der Reiskultur der Chinesen, der Sushitradition der Japaner, der Känguruwelt der Australier, der Saunakultur der fernen Finnen. Ganz wenig, eher gar nichts. Und jetzt tippende Japanerinnen. Die Welt ist klein und verwirrend.

94

Immer Dünger

(Drabble)

Ich bin ein relativ durstiger Mensch und laufe deshalb den ganzen Tag mit der Wasserflasche herum. Ist kein Wasser da, tut es auch mal ein Ingwer- oder Yogitee. Eines Tages erwischte ich aus Versehen statt Tee Dünger. Erstaunlicherweise schmeckte das auch nicht schlechter als Ingwer-, Matcha- oder Matetee. Also trank in den nächsten Tagen davon munter weiter. Nicht ohne Folgen. Ich blühte auf (Amerikaner nennen das »flowerishing«). Langsam aber sicher bekam ich Zweige und Blätter. Als auch das Wurzelwerk untenrum mehr und mehr wurde, stellte ich mich in einen Friedwald und verbringe dort den Rest meiner Tage. Eine herrliche Ruhe!

95

Zurückhaltung

(Drabble)

Wenn man einen Wesenszug an Etta Kochlowski beschreiben sollte, dann käme der entfernte Beobachter mit Sicherheit auf *Zurückhaltung*. Ganz anders hingegen ihr Mann, der Thorben. Ein grober Klotz. Unsensibel, unhöflich und ein passionierter Fremdgänger. So war ihre Ehe von Anfang an ein einziges Missverständnis gewesen. Trotzdem kamen Etta mit ihrer Zurückhaltung und Thorben mit seinem Jähzorn und seiner Prügelsucht, die niemand in der Nachbarschaft bemerkt haben wollte, lange nicht voneinander los. Bis gestern. Da war der Thorben nicht auf der Arbeit erschienen, sondern schwamm im Rhein. Der Kommissar stellte fest: Das Messer in seinem Rücken fehlte in der ehelichen Küche.

96

Ein neues Bett

Manchmal gucke ich nicht aufs Geld. Dann gehe ich in einen Laden und sage zu dem Verkäufer »Zeigen Sie mir mal das Beste und Teuerste und packen Sie es schon mal für mich ein«. Vorgestern habe ich mir ein Bett gekauft. Das Allerneuste, was es auf dem Markt so gibt. Vollelektronisch. So passt es sich zum Beispiel meinen Körperkonturen an, heißt es in der Beschreibung.

Was es tatsächlich auch tat. Denn des Nachts, als ich so dalag und noch ein wenig gegen die Decke starrte, da kuschelte sich das Bett so richtig schön an mich an. Erst dachte ich, dass Beate wieder da ist. Doch das konnte nicht sein, sind wir doch seit fast genau zehn Jahren geschieden. Nein, es war mein Bett.

Es umschwiegte mich und ich fühlte mich geborgen wie in Mutters Schoß. Ein guter Kauf, dachte ich und schlief ein. Am nächsten Morgen wollte ich noch schnell zum Bäcker, mir ein paar Schrippen holen. Doch das Bett war schneller. Mit behänder Leichtigkeit fuhr es mich zum Bäcker um die Ecke, zwei-, dreimal Winken und schon hatte ich die tollsten Sachen bei mir. Auch die neue Marmeladenkollektion nannte ich nun mein Eigen. Nebst einem Kaffee *to go*. Natürlich zum Mitnehmen. Ein Frühstück im Bett. Herrlich. Natürlich nicht ewig, musste ich doch zur Arbeit.

Das Bett war schnell wie der geölte Blitz und fuhr mich schon während der letzten Schrippe ins Büro. Ich glaube, Google und seine Selbstfahrautos, die können einpacken. Bei diesem Bett braucht die niemand. Mit dem Fahrstuhl fuhren Bett und ich in den obersten Stock. Ich nahm meinen Laptop und begann mit den Mails. Das ging schon mal flott von der Hand. Auch die paar Kunden, die ich gelegentlich betreuen muss, waren vom Bett aus kein Problem. Einige interessierten sich auch für diese neue Form des Arbeitens und bekamen von mir Flyer mit. Ich bin halt Dienstleister.

Nun wurde es aber Zeit für Besorgungen. Bett und ich, wir fuhren zum Apotheker, zum Buchhändler, zum Änderungsschneider und zum Geschäft mit dem Elch, wo wir einen Schrank mit dem Namen Asgaard erwarben. Der Schrank kam unters Bett. Kein Problem. Nun wollte ich mich eigentlich mit Anna, meiner neuen Flamme treffen, doch Bett mochte sie nicht. Also kehrten wir noch schön woanders ein und ließen es uns bei Tapas und Rotwein so richtig gut gehen.

Ein Leben mit Saus und Braus stand vor mir. Und tatsächlich. Einer meiner frühen Träume, nämlich »Niemals Aufstehen«, erfüllte sich von heute auf morgen. Ich muss auch nicht mehr nachdenken, was ich den ganzen lieben langen Tag tun soll. Im neuen Bett haben nämlich clevere Ingenieure eine künstliche Intelligenz eingebaut, die jeden Tag dazu lernt. Um genügend Input zu bekommen, fahren Bett und ich an jedem Tag in eine andere Metropole dieser Welt und tun, was uns gefällt.

Längst führe ich Tagebuch und schreibe Bücher über mein neues Leben: »Das Bett und ich«, »Im Bett ist nett« und vor allem »Im Bett auf großer Fahrt« verkauften sich wie Hulle, sogar als eBook. Wir wurden ein Medienstar, waren in fast jeder Talkshow dieses Globusses zu Gast und fahren jetzt nach Hollywood zum *Walk of Fame*. Ich glaube, das ist alles erst der Anfang. Dem Bett und mir stehen alle Türen offen. Und – wir wollen da auch rein.

To be continued.

97

Andenken

Immer wenn eine Frau sich von mir trennen will, lege ich ihr keine Steine in den Weg, sondern töte sie sofort. Dann stopfe ich sie aus. Das habe ich in einem Fernlehrgang (vier Präsenzstunden) gelernt. Bis ich eine neue Frau gefunden habe, steht die alte noch in der Küche und guckt zu, wie ich abwasche. Erst wenn die Neue einzieht, gebe ich die alte in den Zoo. Dort findet sie Verwendung als stille Beobachterin am Aquarium.

98

Augenblick

Manchmal schaue ich durch ein Astloch. Ich sehe dann: nichts. Denn das Astloch befindet sich noch in dem Baum. Also bilde ich folgenden Satz: Manche Vögel nutzen Astlöcher zum Nisten. So hat alles dann doch noch einen Sinn.

99

Sage

Als König Artus das Schwert aus dem Stein zog, jaulte der auf. So lange waren er und das Schwert eine Einheit gewesen. Nun wurden sie getrennt. Nach einigen Tagen der Trauer ging es dem Stein aber besser und er vergaß das Schwert. Und dass es je in ihm gesteckt hatte. Heute ist Gras über die Sache gewachsen und der Stein ist sehr zufrieden mit seinem Leben. Und wenn er nicht gestorben ist, dann lebt er dort noch heute.

100

Ein Mann, ein Buch

Es war einmal ein Mann, der las ein Buch, dass so langweilig war, dass er am Ende starb. Das Buch aber lebte weiter in der hiesigen Stadtbibliothek und riss noch viele weitere lesende Männer in den Tod. Übrigens nur Männer, Frauen waren seltsamerweise nicht betroffen. Da es aber laut Statistik gar nicht so viele lesende Männer gibt, kam man dem Buch erst sehr spät auf die Schliche.

Erst sollte es verbrannt werden, aber aus Respekt vor der deutschen Geschichte ging das mit einem Buch aus der öffentlichen Leihbücherei nicht. Es wurde deshalb kaltherzig in Papier eingeschlagen und mit dem Warnhinweis »Niemals an einen Mann ausleihen« im Archiv verbannt. Keine gute Idee, sollte doch Jahre später eine von Männern enttäuschte Bibliotheksangestellte sich des Buches erinnern, es reichlich an Männer ausleihen und als die »Männermordende-Buch-Gesche-Gottfried von Osnabrück« in die Kriminalgeschichte eingehen. Doch das ist eine andere Geschichte und soll ein andermal erzählt werden.

101

Nur ein Satz

Neulich las ich ein Buch mit vielen Seiten, vielen Sätzen und vielen Wörtern. Dieses Buch war so schlecht, dass ich sofort nach dem letzten Satz sowohl den Autor als auch den Titel des Buches unwiderruflich vergessen hatte. Auch an den Inhalt kann ich mich nicht mehr erinnern. Ich weiß nur noch, dass er unerträglich vorhersagbar war, wie ein schlechter Krimi. Vor allem der Schluss. Hier stand tatsächlich auf der letzten Seite Schluss und nicht Ende. Jedenfalls das ist noch haften geblieben. Weil es so treffend war.

Das Buch bevölkerten unglaublich platte Dialoge und Charaktere, deren psychologische Tiefe eine Pfütze zu nennen eine groteske Übertreibung gewesen wäre. Und wenn ich ein Kritiker wäre, was ich natürlich nicht bin, dann hätte ich bei der Besprechung dieses Buches nicht einmal den alten Kalauer ausgepackt, wonach dieses Buch unter jedes kurze Tischbein passe. Nein, auch dazu war es viel zu schlecht. Der arme, arme tropische Regenwald, der für das viele säurefreie Papier hier sein Leben lassen musste. Nie waren Opfer so sinnlos wie hier.

Woran ich mich allerdings jetzt seltsamerweise doch erinnere, war, als ich es ein zweites Mal in die

Hand nahm, ein Satz, dessen Wortlaut und Sinn ich ebenfalls vergessen habe. Es war auch weniger sein Inhalt als vielmehr seine Farbe, die so etwas wie Erinnerung in mir aufkeimen ließ. Auf merkwürdige Art und Weise war es eigentlich auch gar keine Farbe, sondern eher so eine Art Licht. Der Satz schien, so dämmert es mir langsam, zu leuchten. Und selbst als ich die Seite umschlug, blieb das Leuchten bestehen und strahlte durch die Seite hindurch, als wollte es sich nicht ausmachen lassen. Ich schlug das Buch zu und selbst dann leuchtete der Satz noch durch den Hardcoverumschlag hindurch. Ich konnte das Buch in einen Schrank hinter Türen stellen oder unter die Bettdecke schieben, der Satz leuchtete und leuchtete und nichts und niemand schien diesem Leuchten Einhalt gebieten zu können.

Auf einmal durchströmte mich ein angenehm warmes Gefühl, das dann plötzlich so heftig wurde, dass mein ganzer Körper sich schüttelte und ich der Ohnmacht nahe war. Als das Gefühl dann abrupt und jäh verschwand, war auch das Leuchten erloschen. Alles war wie vorher, so schien es mir. Nur irgendwo in mir gab es etwas, das sich verändert hatte. Ich weiß nicht, was es war, ich weiß nur, dass ich unvermittelt klarer sah. Genauer kann ich das nicht beschreiben. Einfach klarer.

Neulich las ich ein Buch, das nur einen Satz enthielt. Nur einen einzigen Satz. Es hat mich verändert.

102

Memorystick

Seit ich erneut auf Partnersuche bin, habe ich mein Vorleben in den wesentlichen Aussagen, Bildern und Filmen in einer Augumented Reality auf einen Memorystick gebannt. Den schicke ich potenziellen Partnerinnen vor dem ersten Date dann zu. So kommen zu den Treffen nur die, die mich wirklich aushalten können. Wenn ihr mir mailt, dann gebe ich meine Erfahrungen an interessierte Männer gerne auch persönlich weiter. Euer Dieter.

103

Möbelgeschäft

Welches Regal ist mir egal. Ich muss nur gut rein-
passen.

104

Kühlregal

Ich liege in der Kühlung und werde zum Verkauf angeboten. Viele fassen mich an, legen mich dann aber doch zurück. Manchmal ganz woanders. Das kann ich auf den Tod nicht ausstehen. Warum gibt es keinen Anstand mehr? Verdammt noch mal! Auch als Tiefkühlgut habe ich Rechte.

105

Das Schuhwerk

Als ich heute Morgen auf dem Weg zur Arbeit war, geschah es, dass sich das Schnürband von meinem rechten Schuh öffnete, wie beinahe unbeteiligt auf den Boden schlurfte und mich dadurch dem Leben wieder ein wenig näher brachte.

Dieses kleine Wunder hat zunächst mit meinem Schuhwerk, dem klassischen Bureauschuh zu tun. Das macht jetzt ein Bekenntnis erforderlich: Ja, auch ich bin einer aus der Generation »Kamerad Schnürschuh«. Ich bekenne mich dazu und zu meiner offenen Abneigung gegen jede Form von Reinschlüpfschuhen, insbesondere Klettverschlussschuhen, Sandalen und – besonders widerwärtig – Slippers oder gar Sneakers.

Weil ich diese Neigungen und Abneigungen verspüre, gehört es sich auch, dass mein beschuhter Fuß ordentlich verschnürt ist. Mit einer Schleife, gegebenenfalls noch einmal gut abgesichert durch die Doppelschleife. Damit mir nicht das passiert, was Bill Rodgers widerfahren ist, der am 21. April 1975 mit einer Zeit von 2:09:55 zwar beim Boston-Marathon einen neuen Landesrekord aufstellte, jedoch wertvolle Minuten verlor, als ihn offene Schnürbänder beinahe in die Knie zwangen. Deshalb kommt es auf die richtige Schnürung an. Nur das stabilisiert uns alle wirklich.

Wobei ich – dies am Rande – auch den einen oder anderen Lustgewinn zugebe, wenn ich mir mehrfach am Tage die Schuhe an- und ausziehe und sie mir manchmal besonders fest zuschnüre.

So war es eigentlich auch heute Morgen. Nachdem ich mir die Schuhe vom Holzspanner genommen hatte, welche ich jeden Abend wegen des Ausdünstens der Fußfeuchte verwende, und mir die Schuhe mittels eines Schuhanziehers überzog, wurden sie von mir ordentlich geschnürt und damit auf den morgendlichen Bürogang sorgfältigst vorbereitet. Wobei ich im Nachhinein nicht gänzlich ausschließen kann, dass ich womöglich beim rechten Schuh die sichernde Doppelschleife auf die leichte Schulter genommen und vielleicht sogar vergessen habe. Das wäre aber in fünfzig Jahren das erste Mal gewesen. Ich poche daher auf mildernde Umstände. Auch mag es sein, dass dieses Versehen ein Zeichen meines Alters ist und meine Mentalkräfte damit einhergehend schwinden.

Wie auch immer – wäre der Schnürfauxpas nicht passiert, wäre ich nicht zu tieferer Erkenntnis gelangt. Ich lasse mir jedenfalls die Schuld für mein Schnürversagen nicht gänzlich in meine Lederschuhe schieben. Im Gegenteil, umgekehrt wird erst ein vernünftiger Schuh draus. Manchmal wird ein vermeintlicher Lapsus durch Umdeutung in der Realität geheilt. Es geht mir allerdings hier zu weit, dass das Geschehen durch das Unbewusste oder gar das

Schicksal gesteuert sein soll. Das ginge an meinem Realitätssinn vorbei.

Nun denn, das Schnürband war auf und ich unterdrückte – ganz entgegengesetzt zu meinen bisherigen Gewohnheiten – das Verlangen, den Schuh sofort wieder zuzuschnüren. Das fiel mir zunächst, wie man sich vielleicht denken mag, sehr schwer. Je größer aber der zeitliche Abstand geriet und je länger ich mit offenem rechten Schuh weiterschritt, desto geringer wurde dieses Verlangen. Zwar nahm ich zunächst etliche Ängste wahr, wie zum Beispiel die Angst vor dem Gespött der Anderen oder gar die Angst vor der vollständigen Verwahrlosung. Allerdings schwanden diese Ängste mit jedem weiteren Schritt. Plötzlich hatte ich dann diesen Gedanken wie eine Leuchtschrift rot vor dem inneren Auge: »Lass den Dingen ihren Lauf!«

Ich betrachtete dieses Geschehen als ein Experiment, ja sogar als ein Spiel und schaute mir von außen halb interessiert, halb belustigt zu. Ich sah und spürte, dass der Schuh an meinem Fuß immer lockerer wurde. Der Halt blieb aus und selbst Schaft und Zunge konnten nicht die Arbeit der Schnürung übernehmen. Dann plötzlich, nach dem Queren einer Kreuzung und dem humpelnden Versuch, den Bürgersteig vollbeschuht zu erklimmen, fiel mein rechter Schuh ganz einfach ab und blieb auf der Straße liegen. Da die Fußgängerampel jedoch rot zeigte und ein Umkehren zwecklos erschien, ging ich einfach weiter. Anfänglich etwas unbeholfen, dann jedoch, mit der zunehmenden Gewöhnung, immer sicherer. Eine neue Selbstverständlichkeit durch-strömte meinen Körper.

Es gefiel mir, dieses neue Gehen. Ich erinnerte mich, dass im alten Ägypten das einfache Volk immer barfuß ging. Also entledigte ich mich auch des linken Schuhs. Ich zog beide Socken aus und übergab alles an der nächsten Bushaltestelle dem öffentlichen Abfallkorb. Natürlich ging ich so nicht ins Büro, sondern schnurstracks am Gebäude vorbei.

Schon bald ließ ich auch die Stadt hinter mir, gelangte ins Umland, um dann in den Wäldern zu verschwinden. So gehe ich jetzt schon seit Tagen ohne Unterlass und spüre weder Zeit noch Raum. Irgendetwas geschieht mit mir ohne diese Schuhe. Ohne dieses Schnüren. Ohne Schaft und ohne Sohle. Ohne jedes Profil. Ich weiß nicht, was es ist und wohin es führt. Ich lasse den Dingen einfach ihren Lauf. Ohne Schuhwerk.

106

Translation

(Drabble)

Manchmal habe ich so komplizierte Gedanken, dass ich sie selber nicht verstehe. Dann schreibe ich sie auf. Am kommenden Wochenende bewaffne ich mich mit Lexika (Fremdwörterbuch, Etymologieduden, Die Welt von A bis Z) und übersetze es in alltägliche Sprache. Nun rufe ich meine Mutter an und lese ihr alles vor. Häufig sagt sie »Ach, Junge, das versteht doch kein Mensch!«. Dann lege ich auf, zerreiße das Papier mit den ganzen Gedanken und koche mir eine schöne Tasse Kaffee mit viel Milch und Zucker. Während ich aus dem Fenster gucke, kommen schon wieder viele weitere Gedanken, die es zu übersetzen gilt.

107

Bei Fuss!

Ich füßele nur zu gerne. Seit es mich schon in frühester Kindheit erregte, Gegenstände mit den Füßen zu berühren, kann ich gar nicht anders, als auch im Alltag möglichst viel zu füßeln. Am besten geht das in vollen Cafés und Bars. Dort fällt es dann gar nicht auf, wenn ich beiläufig die Slipper abstreife und meine Zehen nach möglichen Objekten der Begierde suchen. Manchmal dauert es etwas länger, bis es zum ersten Kontakt kommt. Aber dann geht es – unbemerkt von den Blicken anderer – so richtig zur Sache. Einmal biss mich ein großer Hund in den Fuß. Drei Wochen lang Füßelauszeit!

108

Herbst

(Drabble)

Ich liebe diese Zeit, wenn der Sommer geht und der Winter noch auf sich warten lässt. Das Wetter nicht mehr so heiß und die Natur erlöst von der Dürre. Alleen mit Bäumen. Bäume, deren Blätter sich bräunlich färben und einzeln auf den Weg fallen. Häufchen bilden und langsam größer werden. Wie der da vor mir. Zehn Meter vielleicht entfernt. Erst nur vereinzelte Blätter, jetzt ein kleiner Berg, in den man am liebsten juchzend hineinspringen möchte. Ein Berg, der sich jetzt erhebt. Einem großen Mann gleich, der sehr lange geschlafen hat. Und langsam und allmählich in Richtung der untergehenden Sonne verschwindet.

109

Moralgeschichte: Die 7 Söhne

Es war einmal ein Mann, der hatte 7 Söhne. Die 7 Söhne sagten: Vater, erzähl' uns eine Geschichte. Da fing der Vater an: Es war einmal ein Mann, der hatte 7 Söhne. Die 7 Söhne sagten: Vater, erzähl' uns eine Geschichte. Da fing der Vater an und sagte: Halt stopp! Ich weiß, wo das jetzt hier hinführt. Aber ich bin nicht so ein Mann. Sprach's und packte seine 7 Sachen und verschwand. Er ward nie wieder gesehen.

Die 7 Söhne waren sprachlos und wussten auf einmal nicht mehr, wie ihre Geschichte jetzt weitergehen sollte. Jedoch, ihre Verwirrung war endlich und dauerte nur 7 Tage lang. Dann kauften sich die 7 Söhne je eine Zipfelmütze, gingen damit in den Wald und begannen eine Karriere als »Die 7 Zwerge«.

Da waren sie – heijo, heijo – auch ganz schön froh. Aber nur bis zur Pubertät. Denn wie heute üblich waren die 7 Söhne jetzt jeder über 1,80 m groß, also insgesamt 12,60 m. Da konnte ihr Manager noch so tricksen, »Die 7 Zwerge« nahm ihnen keiner mehr ab (ein ähnliches Schicksal ereilte übrigens einmal den

Mutti-Lieblings-Kinderstar Heintje, aber das nur nebenbei).

Die 7 Söhne mussten jedenfalls umsatteln und da sie schon dabei waren, nannten sie sich einfach »Die glorreichen 7« und machten in dieser Formation in Hollywood Karriere, was ja auch nicht so schlecht ist. Nun ja, mit der Zeit kam dann das Alter und der Western hatte als Genre mehr oder weniger ausgespielt.

Wieder auf der Straße des Lebens zurück, fanden sie ein Feuerzeug, nahmen dies als Wink des Schicksals, waren Feuer und Flamme für eine neue Idee und nannten sich fortan »Die 7 Armleuchter«. Und siehe, sie leuchteten nun den Armen. Denn, wenn man ein bestimmtes Alter erreicht hat, dann sollte man nicht mehr so selbstsüchtig sein und etwas für andere tun.

Mann o Mann, was für ein Lebensweg! Angefangen mit 7 Söhnen, die immer nur die eine Geschichte hören wollten und dann gezwungen werden, ihr Leben selbst in die Hand zu nehmen und am Schluss sich ganz dem Dienst am bedürftigen Nächsten verschreiben. So ein Leben wünscht man viel mehr Leuten. Ich kenne da so einige, die sich an den 7 Söhnen mal ein Beispiel nehmen sollten.

110

Carry on dead son

(Drabble)

Jimi Hendrix wachte eines Morgens auf und war tot. Dumm gelaufen. Andererseits: Janis Joplin war auch tot. Und weil Petrus nicht so auf Hippies stand, mussten die beiden fortan als Untote (Zombies) weiter auf Erden wandeln. Schön, dass sie andere Körper in Besitz nehmen konnten. So »übernahmen« Jimi und Janis zuerst die Carpenters und komponierten »Calling occupants«. Später machten sie rüber nach Deutschland und besetzen u. a.: die Geschwister Leismann, Nina & Mike, Cindy & Bert, Heino & Hannelore und Maria & Margot Hellwig. Letzteren konnten sie allerdings kaum Impulse geben. Schließlich hatte Petrus ein Einsehen. Aufnahme ihrer Seelen in den »heaven of rock«.

111

Scheitern

Noch nie war die Chance zu scheitern so gut wie heute. Also angepackt und losgelegt. Lasst uns scheitern! Vor allem Ihr Autoren da draußen vor den Geräten! Los jetzt!

Inhalt

Über den Autor

Stefan Wellmann schreibt Kürzestgeschichten, Kurz-geschichten und Romane. Er arbeitet und lebt in Osnabrück. Näheres unter www.stefanwellmann.de.